古本食堂

原田ひ香

ハルキ文庫

JN036790

角川春樹事務所

目次

古本食堂

本文イラスト　西村ツチカ

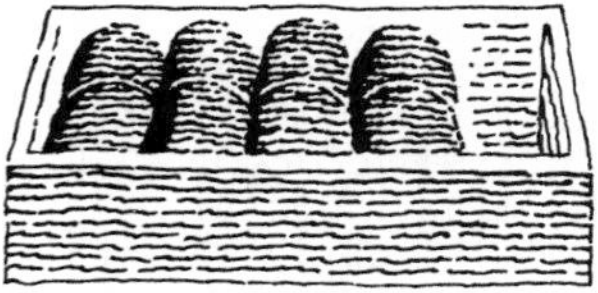

第一話

『お弁当づくり　ハッと驚く秘訣集』

小林カツ代著と三百年前のお寿司

シャッターをがらがら音を立てて上げると、木枯らしが小さな落ち葉とともに吹き込んできた。

その冷たさに、あたしはあっと首をすくめた。明日からはもう一枚、下着と靴下を重ねよう、と思う。

店内に置いてあった箒《ほうき》とちりとりで、店の前を掃く。

一年近く店を閉めていたけれど、両隣が掃除していてくれたようでわりにきれいだ。感謝も込めて、まだ開いていない、古書店とカフェの前も掃除しておいた。お掃除はあたしの得意分野だ。レンガ造りのようにデザインされた道路の溝に、土が詰まっているのが見えた。水を流してモップでごしごし磨き上げたいところだけど、今朝はこのくらいでいいか、と適当なところでやめておく。公共の道に水を流していいものかわからないし。

いったん、店の中に入って、文庫本がぎっしり入った箱を外に引き出した。カバーがなかったり、少しだけ傷んだものもあるが、三冊二百円という安さだった。

背表紙を見ただけで、内容が次々と浮かび上がってくる。

角がこすれたクリスティ、カバーがない丸谷《まるや》才一《さいいち》……どちらも読み始めたら夢中になってしまう名著だ。でも今は仲良く箱の中に並んでいた。なんだか、切ない気持ちになる。こんないい本が、たった二百円で投げ売りされているなんて。でもきっと、丸谷才一先生はクリスティの隣にいることはそう嫌がらないだろう、と思えることだけが救いだった。

　感傷にひたっていてもしかたない。だいたい、値段をつけたのは兄なんだから、きっと妥当な金額だ。「三冊、二百円」という値札の筆記が、兄の書体であることにも胸を突かれた。

　気持ちを振り切って中に入って電灯をつけ、ざっと掃除をした。石油ストーブに火を入れて室温がじわりと上がると、やっとお店らしくなってきた。

　店の一番奥には二つの机と大きな事務用キャビネットがコの字に並び、中に店番用の椅《い》子《す》があった。机の上にはレジと古い木製のソニーのラジオ。その横に、別に折りたたみのテーブルと椅子が置いてあって、客とそこで話したりお茶を飲んだりできるようにもなっていた。さらにその奥、店のバックヤードは四畳半一間とトイレ、小さなお台所がある。

　レジの前のコの字の中に座った。

　さあ、もうやることはないのだろうか。

　よくわからない、古書店のことなんて。

　九時に店を開けて、一時間ほど座っていたけど、誰《だれ》も来ない。気がついたら、眠くなってきた。

先月、故郷を発《た》った時のことが思い出される。

「珊瑚《さんご》さん本当に、東京に行っちゃうんだね」と誰かが言って、あたしは手荷物検査場の前で振り返った。

帯広《おびひろ》空港のロビーには、これまでお世話になってきた人々が集まってくれていた。

「皆、大げさよ。とにかく、あたしはちょっと東京に行って、兄の店をどうするか、決めてくるだけですから。もしかしたら、すぐに戻ってくるかもしれないし」

「そう言って、戻ってきた人をあまり見たことがないのよ」

鈴子《すずこ》さんは辛辣《しんらつ》に言った。

彼女は介護ヘルパーとして一緒に働いていた人だ。このあたりにはめずらしく、数年前内地……本州から夫婦で引っ越してきた人で、定年後、こちらで悠々自適に暮らそう、と思った矢先に夫に死なれた。

向こうの家はすでに引き払ってきたから元の場所には戻れないし、もらっていた年金は少なくなってしまってまた働きに出なければならないしで、いろいろな計画が狂ってしまったといつも愚痴ばかりこぼしていた。本当は私はこんなところで働く人間ではない、と二言目には言って、周りを辟易《へきえき》させる。

それでも、折を見て話し掛けているうちに、あたしには少し気持ちを許してくれて、最近、家を行き来する仲にはなっていた。

「どうかしらねえ」

「そりゃ、東京の方がいいに決まってる。私だって、本当ならこんなところに……」

あたしが去ることで、最近収まりかけていた、鈴子さんの愚痴がぶり返していた。

「鈴子さんもお身体《からだ》に気をつけて」

申し訳ないとは思うけど、今は、そのくらいしかかける言葉がなかった。

「さんちゃん、いつでも帰ってきていいから」

鈴子さんを押しのけて言ったのは、小学校からの友達の山本和子《かずこ》だった。彼女は帯広の郊外に、息子夫婦と暮らしている。普段はおとなしく引っ込み思案な性格だが、飛行機の時間が迫ってきてたまらなくなったのだろう。

「ありがとう」

「鈴子さん、あんなこと言ってるけど、寂しいのよ」

小声でささやく。

「うん、わかってる」

「私も寂しいわ」

目がうるんでいた。

「東山《ひがしやま》さんだって」

「あ」

あたしはそっと目で捜した。彼は皆の後ろに、困ったような顔で微笑《ほほえ》んでいた。

「すぐに帰ってきて、さんちゃん」

その願いに、あたしはうまく答えられなかった。ただ、うん、とうなずいた。

「だって、家だってそのままでしょう」

「うん！」

それには強く返事したっけ。

北海道と言ったら、雪に囲まれた家や、牧場やラベンダー畑をイメージするのかもしれないけど、あたしと両親は帯広市内の八階建てのマンションに住んでいた。

昔は郊外の、芽室《めむろ》に近い一軒家に住んでいた。兄、統一郎《とういちろう》や滋郎《じろう》も育った木造の家だ。両親が八十近くなって身体の自由が利かなくなったので、家を売ってマンションに引っ越した。

もともと、帯広は雪の少ない場所だ。十一月頃を皮切りに年に数回雪が降り、それが凍り付いたまま四月くらいまで溶けずに春を迎える。それでも、雪かきがなく、鍵《かぎ》一つで出かけられ、車で五分のところに大きなイオンがあるマンションに住めたのはとてもありがたかった。

その一連のことを手配してくれたのが、兄、滋郎だった。

兄にはお世話になりっぱなしだ。

実は生まれた時、あたしの名前は「さんこ」になりかけていた。

本当は三人目も男の子が欲しかった親はいたく失望し、もう名前なんて三番目の女の子だから「三子《さんこ》」でいい、と言ったのだ。

しかし、まだ六歳だった兄、滋郎が「それはあまりにもかわいそうである」と主張し、長兄と話し合って、両親にせめて「珊瑚」にしたらどうか、と提案してくれた。

当時、女の子の名前と言えば、たいていは「子」が付いているもので、その中で「珊瑚」という名前であったのが良かったのか悪かったのか、というのはよくわからない。同級生にもずいぶんからかわれたし。

だけど、まあ、さすがに三子よりはましだ。それに長じては「美しい名前だね」と東山さんも褒《ほ》めてくれた。

東山さん、今頃、何をしているんだろう。

そこまで考えた時、「こんにちは」と言う声がした。

📖　📖　📖

たとえ、「叔母さんの書店、今日、開店するらしいから、美希喜《みきき》、ちょっと見てきてよ」と言ったからって、母が特別守銭奴というわけではない、と思う。

神保町《じんぼうちょう》で小さな古書店をやっていた大叔父の鷹島《たかしま》滋郎が独身のまま、昨年、亡くなった。その資産については長年謎《なぞ》だった……と言うか、大叔父がどのくらいお金を持っているか、なんて、死ぬまで誰も改めて考えたことがなかった。小さくて古くさい（古本扱ってたんだから当たり前だけど）店をやっているだけの人だと思われていたのだから。

滋郎大叔父はいわゆる全共闘世代で、東大の大学院に通いながら学生運動に関《かか》わっていた。しかし運動の過激化に失望して退学離脱、しばらく海外をぶらぶらしていたらすぐに三十を越えてしまい、一般の会社には就職できなかった。帰国後、出入りしていた神保町の古本屋を手伝ってノウハウを学び、そのまま自分も古書店を開いた。

大叔父は生前、『神保町　古本屋おやじの独り言』というエッセイ集を出していて、一部の人には好評だった。それもまあ、ベストセラーというほどではないし、局地的な物好きが読んだだけだろうが、それでも、ちょっと有名な古書店主ではあったらしい。

親戚《しんせき》からはなんとなく、風流人というか高等遊民というか、そういう変わりものとして扱われていた。

しかし、亡くなったあと、古書店を開いていたビルが実は彼の持ち物だということがわかって、状況は一変した。ビルは三階建てで、一階が大叔父の「鷹島古書店」、二階三階は翻訳書を主に出版している「辻堂《つじどう》出版」に貸している。

大叔父はバブル崩壊後、株の大損で借金を抱えたビルオーナーに泣きつかれて、ビルを購入したらしい。崩壊後とはいえ、事情が事情だから安く買い叩《たた》くわけにもいかず、相場より少し高く買ってしまった。でも、文句も言わずこつこつとローンを返済し、十数年ほど前に払い終わっていた。

つまり、大叔父はこの十数年、無借金な上に無家賃で、上の階の「辻堂出版」から賃料までもらって、鷹島古書店を経営していたことになる。

このようなお金関係のことは、死後、大叔父がお世話になって、遺言状の管理も任されていた税理士さんが説明してくれた。

大叔父はいつも、袖口《そでぐち》や襟元がすり切れた黒っぽいシャツを着ていた。ユニクロを知ってからは「これが一番」と言って、そればかりだった。だから、時々、店を休んで海外旅行をする他は、特別お金を持っているようにも使っているようにも見えなかった。

鷹島古書店はいい本が安い、良心的だ、とうちの大学の教授からも地味に人気があったのもうなずける。きっとたいして儲《もう》けを考えていなかったのだろう。

大学三年になって、私が菅原孝標女《すがわらのたかすえのむすめ》の論文を書く時、すでに絶版となった古典的な専門書を購入しなさいと、担当教授から薦められたことがあった。

「これ、もう絶版だから少し高いんだけれども……どうしてもむずかしかったら、わたくしのをコピーして差し上げますが、できたらご自分でお買いなさい。きれいに読めばまた、同じくらいの値段で売れますから」

研究室の後藤田《ごとうだ》先生がためらいがちにいくつかの書店を挙げた時、そこに「鷹島古書店」も入っていた。思わず「じゃあ、大叔父に聞いてみます」と私は答えた。

「あれ、もしかして、あなた、鷹島古書店の子⁉」

後藤田先生は驚いて言った。

いつもは丁寧な言葉遣いをする先生が急に親しげに「○○の子⁉」と言ったのがおかしくて、笑いをこらえながら、子ではないけれども、鷹島滋郎は祖父の弟だ、と説明した。

「それは、それは。いや、鷹島さんが入学してきた時からもしや、とは思っていたのです。でも、改めてお尋ねするのも失礼かと思いまして」

後藤田先生はどこか嬉《うれ》しそうだった。きっと、それを口実にまた、大叔父のところに遊びに行こうと思っていたのかもしれない。

鷹島古書店は入口では格安の文庫本やベストセラーの古本を扱いつつ、奥ではめずらしい絶版本など好きな本を並べている。そして大叔父は、先生のような専門家や研究者が来れば「そういえば、この間、市でこんなの見つけたんですよ」と頼まれもしない古書を奥から出してきて見せる……そういうタイプの古書店主だった。

大叔父はローンを返し、古書店を営業しながら、残ったお金を世界株とトピックスのインデックス投信に積み立てもしていた。これまた手堅い投資で、リーマンショックで少し減少したものの、その後の円安と株高で息を吹き返し、そこそこの額となっていた。

いや、昔、全共闘で戦っていたとは思えない、投資っぷりである。

以前、アメリカの片田舎でガソリンスタンドの清掃作業員だった男性が死んだ時、株式資産が十億円もあった、という話があったが、そんな感じ。まあ、大叔父はその十分の一か五分の一だけど。

私の父、光太郎《こうたろう》はその大叔父の兄、統一郎の一人息子である。彼らは三人兄弟で、滋郎大叔父の下には妹がいる。私にとっては大叔母だ。彼女は東京ではなく、故郷、北海道で親の面倒を看て、二人が死ぬまで介護を全うした。曽祖父母《そうそふぼ》が死んだ後は、帯広市内に一人で暮らしていたようだ。

私の祖父、統一郎とその妻米子《よねこ》は生きていればともに八十を越えており、すでに他界している。だから、祖母の親戚や曽祖父母の親族が何人か東京や北海道にいるとはいえ、相続権があるのはざっと言って、大叔母とうちの父の二人だった。

もちろん、大叔父は金銭的な援助はしていただろうが、大叔母がやっぱり独身のまま、両親の介護をしてくれたことをいたく感謝していたらしい。もともと、大叔父は六歳年下の大叔母を小さな頃からとてもかわいがっていて、彼女の将来を深く案じていた。だから現金、投信の一部は我が父に残してくれたものの（それは私が大学院に進学するには十分だったと母が話してくれた）、ビルを含むその財産のほとんどを大叔母に残した。

当然の取り計らいだと思う。

父も母も、現時点での大叔父の財産分与にはまったく異論はないのだ。

けれど、東京は千代田区の一棟ビルだ。築六十年という古さで、ワンフロア三十平米程度と小さいけれど、場所は良い。最低、一億くらいは絶対にする、というのが両親、いや主に母の見解だ。すずらん通りから一本入ったところにあって、右隣は同じような古書店、左隣も昔は古書店だったらしいが、今は一階はカフェ、二階はスパイスカレーの店だ。

「それが叔母さんのところに行ったのは、もちろん、私たちも当然だと思うのよ」

母は今朝、これまで何度もくり返してきた言い訳を口にした。

傍らで聞いていた父、鷹島光太郎は、軽く、ごくごく小さく眉《まゆ》をひそめた。たぶん、母が「私たち」と言ったことに多少異論があるのだろう。だけど、彼は絶対に母の言うことに反論しない。

「叔母さんがお祖父《じい》ちゃんとお祖母《ばあ》ちゃんを介護してくれたことで、私たちもどれだけありがたかったか。お父さんは長男の子供なんだから、私たちにもその責任はあったのに、そんなこと一言も言わないで」

私も黙って、朝ご飯を食べていた。

「たとえ、叔母さんが残された遺産を好きなように使います、贅沢《ぜいたく》します、と言ったとしても、私は全然かまわないの」

本当はかまうんだろうけどな、と私は思う。なぜなら、母はこれを大叔父が死んでから何度も何度もくり返していたからだ。でも、私もあまり母には反論しないことにしている。

「でも、叔母さんが万が一、誰かと結婚したり、だまされたりして、あのビルや、叔母さんが相続したお金が他の人に渡るとしたら、ちょっと平静じゃいられないわ」

説明しよう。

母、鷹島芽衣子《めいこ》はリアリストである。

悪気はないが、身も蓋《ふた》もないことをずばずば言う。

傍若無人《ぼうじゃくぶじん》にも見えるが、彼女のおかげで、いろいろなことがスピーディに的確に行われるところもたくさん見てきた。

だから、私たち……つまり父と私は、母の言うことに口は挟まないことにしている。反論しても、めちゃくちゃ正確で理論的な、さらにぐさっとくる言葉で切り返してくるのはわかっていたから。

それは鷹島家の人にはないものである。

鷹島家の人たちは、大叔父が自分の財産についてほとんど言及しておらず、そうとう頭もいいのに、まったくお金にならない文学部に通って、（少なくとも表面的には）ほそぼそと古書店をやっていたり、大叔母が文句も言わずに曽祖父母の介護をしていたりしたのを見てもわかる通り、どこかのんびりとした夢見がちなところがある。

父も、一応は普通のサラリーマンだが、通勤時に読む小説本を欠かしたことがない読書家だ。でも、父がビジネス関係の本を読んでいるのを見たことはほとんどない。

その鷹島家にずばりとメスを入れる、リアリストの母、芽衣子、四十九歳。

それに、大叔父の資産は一億以上だもん、そりゃ、そのくらいの話はしても、守銭奴とは言えないだろうって、私は自分に言い聞かせている。

「だから、美希喜、今日大学の帰りに、お店の様子を見てきてよ。いえ、できたら行ける時はこれから毎日見てきて。そして、報告してちょうだい。いったい、叔母さんがあの店を今後どうするつもりなのかも聞いてきて」

大叔母に変な虫がついていないか、と本当は言いたいのだろうな、と私は推測する。

「そんなの自分で行けばいいじゃん。自分で聞けば」

「それは……」

めずらしく、リアリスト芽衣子が口ごもる。

と思ったのは間違いだった。

「だって、私が聞いたら、なんか生臭い話になるじゃない」

わかってるんだな、この人、とおかしくなった。自分がちょっとヤバいことを娘に頼んでいることも、ちゃんと気づいているのだ。それを正直に言うくらいには。

「あとなんとなく、私、苦手なのよね、あの人」

それもわかる。

私も大叔母とは曽祖父母や祖父母の葬式など、数回しか会ったことがないが、どことなくのんびりした、つかみどころのない人で、それは母が最も苦手とする人種なのだ。とはいうものの、私も鷹島古書店に興味があるし、それに今まで一度も東京に住んだことがない、帯広から先月出てきた人が東京は千代田区のど真ん中で働くのである。気にならないわけがない。

家族と違って、私だけはわりに大叔父とつながりというか、恩義があった。

今通っている大学は、神保町の近くにある、O女子大だ。歩けない距離ではないし、大叔父の生前も何度か古書店に行った。さらに、実は誰にも言ったことがないが大学に入る時、大叔父に進路の相談までしたことがあったからだ。

📖　📖　📖

「あ」

慌てて顔を上げ、声がする方……本棚の間から顔をのぞかせると、かわいらしい毛糸のベレー帽をかぶった女性が笑顔でこちらを見ていた。

「ああ、あなたは……」

「隣のブックエンドの……」

「ああ、ああ、もちろん、わかってますよ」

隣で「ブックエンドカフェ」という名前の喫茶店を経営しているお嬢さんで、美波《みなみ》さんという人だと聞いていた。姓は確か、田村《たむら》。

「お早いのね」

「ランチの仕込みがありますから」

思わず、椅子から立ち上がって、レジの奥から出た。

「すみません。うちの前までお掃除していただいて」

「とんでもない。お休みの間は、こちらの方もお掃除してもらってたんでしょ」

お互いに目を合わせてにっこり微笑み合った。

これは勝手な想像だけど、たぶん、そういうことがわかってもらえる人が隣に来て良かったと美波さんも感じているのではないか、と思った。

掃除ってする人はいつもちゃんとするし、しない人はしない。そして、たいがい、しない人は人にしてもらったことにもあまり気付かないものだ。そういう小さなことが少しずつ不満として溜《た》まっていく。こういうことがわかり合えるのは、隣に住む上で結構、大きいのだ。

まあそうでなくても、彼女が良い人だということは先週、挨拶《あいさつ》回りをした時になんとなくわかっていたけれど。

「ねえ、ちょっとお聞きしていいかしら」

あたしは思い切って尋ねた。

「はい、なんでしょ」

「あたしね、今、シャッター開けて掃除して、文庫本の箱を出して、店の掃除して……まあ、そのくらいのことしたんだけど、他にすることってあるかしら。実はお店とかしたことがなくてね。何をしたらいいのか」

「あー」

美波さんは考え込んだ。

「おつりの用意とか必要じゃないでしょうか。お客さんは現金の方もまだ多いし」

「嫌だ。そうね」

慌ててレジを開ける。というか、まず、レジに鍵がかかっていて開かない。美波さんが一緒に鍵を探してくれて、事務用キャビネットの一番上の引き出しから見つけた。

「ありがとう」

「いえ、実は閉店間際にレジ締めをしているのを何度か見たことがあったんです。確か、そこにしまわれていたって覚えていて」

美波さんは舌を出した。

「あらまあ。でも、こんなに近くにしまっていたら、泥棒が来てもすぐ開けられてしまうわねえ」

「ええ、でも、たぶん滋郎さんは、夜、現金はこちらに置いてなかったはずです。レジ締めをして……というのは、レジで売り上げの合計を出して、中の金額と照らし合わせて違いがないか確かめることですけど……その後、現金はおうちに持って帰ったのではないかと思います。まっすぐ帰る時はそのまま、飲みになんか行く時は銀行の夜間金庫に預けられたんじゃないかな。私もそうですから。そして、空っぽのレジは開いたままにしていたと思います。万が一、泥棒が入った時、中のお金を盗《と》ろうとレジを壊されて、次の日から営業ができなくなる方が怖いですから」

「なるほどねえ。いいことを聞いたわ」

その話を聞きながらレジを開くと、そこには小銭といくらかの札が入ったままになっていた。

「滋郎さん、店の中で倒れたから、現金を出す暇もなかったんですね」

美波さんが声をつまらせた。

「そのまま運ばれて……」

あたしも泣いてしまいそうになったので、急いで声を張り上げた。

「他にすることとあるかしら」

「あとは、滋郎さん、朝、暇な時はうちにコーヒーを飲みに来てましたね」

美波さんは目頭を指で拭《ふ》いて、にっこり笑った。

「ぜひ、お越しください。掃除のお礼にごちそうしますから」

「ありがとう。でも、店を開けたままでいいの？」

「一杯だけ、そそくさと召し上がることもあったし、常連さんに店番頼んで休憩されることもありましたよ」

それはまだ真似《まね》ができないわ、とあたしは心の中で思った。

📖　📖　📖

五年前、私は「鷹島古書店」の引き戸を引いて、一人で中に入った。

店の中は古い本の匂《にお》いがした。新刊書が並んでいる、神保町の表通りにある書店とはまったく違う匂いがした。入口からは大叔父は見えなかった。

なんであの時、急に大叔父を訪ねたのか……私にもよくわからない。

ただ、私は煮詰まっていた。煮詰まりきっていた。

我が家は、母がリアリストなだけで、意外と放任主義だ。母は私が何か言えば、「それはこうよ」「ああよ」とずばっと、朝の情報番組の司会者よろしく切り捨てたり、自分の意見を言ったりするが、それ以上、強く反対したりはしない。

私は私の意見を言いました、だから、あとはあなたが決めなさい、というスタンスだ。父はさらに何も言わない。

私が本を読むのが好きだから、国文科に行きたい、と言った時も「は？　本ならどんな学科でも読みますけど？」というのが答えだった。

「じゃあ、お母さんは国文科反対？」

「いや、反対じゃなくて、本が好きだから国文科、という選択の意味がよくわからない、ということ。美希喜は将来、何をしたいの？」

私は沈黙した。

「国文科に行って何になるのかな？　普通なら国語の先生か研究者？　あと、編集者とか」

子供の頃から、いつも何度も問われている……将来何になりたいの？　夢は何？　何を目指しているの？　エトセトラエトセトラ。

私には自分の将来がよくわからない。何になりたいかも……ただ、本を読むことが好きだ。それだけは確かだった。

「お母さんが国文科反対ならやめるけど……」

私はどう答えていいのかわからなくて、そう言った。

「だから、反対なんて言ってない。ただ、どうしたいのかな、って聞いているだけ」

それがわからないから、答えられないのだ。話が二人の間でぐるぐる回ってしまう。理数系の科目は得意じゃないし、国語が好きで、英語は嫌い。心理学とか、社会学、経済にも興味ない。

だけど、将来何になりたいか、と言われたらよくわからない。

編集者さん、というのはすごく憧《あこが》れるけど、あれはどうも、ものすごく偏差値の高い大学に行かないとなれないらしい、というのは高校生でも知っていた。

「美希喜が行きたいなら、いいんだよ、別に。だけど、漠然と大学に行ってもしかたないじゃない」

自分は何になりたいのだろう。

「あ、あと、本屋さんとか？」

母は思いついたようにつぶやいた。

その時、ふっと思い出した。

大叔父が神保町で古本屋をやっている。それに、彼は東大の文学部の国文学研究室にいたと聞いていた。

あの人なら、私の疑問に答えてくれるのではないか。

そういうわけで、私は学校の帰りに地下鉄を乗り継いで、神保町に来た。大叔父を本棚の陰から、じっと見つめた。

彼は四十代半ばくらいの男の人に、何か古い本を差し出しながら話をしていた。

二人はそれはそれは楽しそうに話していて、三十分経《た》っても途切れない。私はしびれを切らして、隣のカフェで時間を潰《つぶ》そうかな、と思ったところでやっと終わった。

男の人は大叔父に本を包んでもらって、嬉しそうに出て行った。

店には私と大叔父、二人きり。

二人きりになったらなったで、私はなかなか話しかけられないでいた。それでも、じりじりと大叔父の方に近づいていった。

「あれ、美希喜ちゃんだろ」

私があと二メートルというところまで近づいた時、新しい本の補充か整理のために、レジのところから出てきた大叔父が私に気がついた。

「あ、すみません」

とっさに頭を下げた。

「いや、さっきから、めずらしく若い子がいるなあ、と思ってはいたんだよ。美希喜ちゃんだったのか」

大叔父はにこにこしながら言った。季節は十月。彼は黒いシャツにグレーのカーディガンを羽織っていた。

彼が私に気がついたことに少し驚いた。ほとんど会ったことがなかったのに。大叔父はレジの隣のテーブルを広げて、前に小さな丸い木の椅子を二つ出してくれた。自分もそこに座る。

「ご無沙汰《ぶさた》しております」

「本当にね。確か、父の十三回忌以来だよね」

「はい……」

「ごめんね、待たせただろう。今の人は大学の先生で、もう絶版になった国文学の注釈書を注文しに来たんだよ」

「はあ……」

「絶版本ていうのは、知ってる？」

「いえ」

「出版社がもう重版をしない、って決めた本のこと。新刊では手に入らないから、うちみたいな古本屋に探しに来るんだよ。最近は、はっきり絶版、という形を取らないことも多いんだ。品切れ、ということにして出版社に権利を残しておく……いや、こんなことはどうでもいいよね。どうしたの？　急に。本でも探しているの」

大叔父は邪気のない目で、尋ねた。

「あの」

私は急に言葉を失ってしまった。

「……近くに来たので」

今思えば、あまりにも見え透いた言い訳をした。

「そうなの、びっくりしたよ。いや、でも、嬉しいよ」

それでももじもじしている私に、大叔父は言った。

「美希喜ちゃん、もしかして、ご飯食べてないんじゃない？」

確かに、その日は中間テストの期間中で、学校は午前中だけだった。

「はい」

「じゃあ、お寿司《すし》食べない？」

「え」

お店を空けてもいいのだろうか。

「いや、買ってあるの」

大叔父はきれいな墨色の包みを、奥から取り出してきて、お茶も淹《い》れてくれた。お茶の用意をしながら、「それ、開けてくれる？」と私に言った。

私はその包みをこわごわと開けた。

それまで、寿司と言ったら、回転寿司か店屋物の寿司桶《おけ》に入った寿司か……そのくらいしか知らなかった。でも、そのお寿司はまるで、お菓子のように箱に入っていた。包装紙を剝《は》がすと店の中に寿司酢と笹《ささ》の香りが広がった。

「開けてごらん」

大叔父が言って、私が蓋を取ると、そこには小ぶりの海苔巻《のりま》きのような……でも、笹の葉に包まれている、不思議な寿司がぎっしり並んでいた。

「けぬきすし、って言うんだよ」

そして、私は大叔父が淹れてくれたお茶とともに、寿司を食べた。

「……おいしいです」

本当はあまり味がわからなかった。初めてだったし、これから話すことに緊張もしていた。

「この寿司屋はね、元禄《げんろく》十五年創業なんだよ」

「ふーん」

「ね？　元禄十五年と言えば？」

大叔父は私の顔を、期待を持ってのぞき込んだ。

「は？」

「元禄十五年と言えば？」

私は首をひねった。

「……忠臣蔵《ちゅうしんぐら》ですよ。赤穂《あこう》浪士の討ち入りの年にできた寿司屋です。もう三百年くらい経っている」

「はあ」

「忠臣蔵は知ってるよね？」

「まあ、名前くらいは」

「名前ね」

大叔父は、ははははは、と笑った。そして、十個くらい入っていた寿司を自分が二個だけ食べて、私に残りの全部を食べさせた。

私が食べている間、大叔父は「忠臣蔵」の話をしていた。おのれ吉良《きら》、とか、各々方《おのおのがた》討ち入りでござる、とかいうセリフを挟みながら。反応の薄い私を見て、「今度、歌舞伎《かぶき》にでも一緒に行かないとなあ」と言った。

最後の寿司を食べる頃、私はやっと口を開いた。

「あの、実は……」

進路を悩んでいること、両親は反対も賛成もしていないこと、本が好きな他に別にやりたいことがないこと、でも、国文科は就職に不利と言われていること……。お寿司を食べた後のためか、思いつくままに全部話せた。

「ふーん。進路かあ」

今度は大叔父がうなった。

「あの、それで、聞きたいんです」

「はい」

「あの……大叔父さんはなんで、国文科に進んだんですか。学生の頃、何になりたいと思っていたんですか。あ、もちろん、私は東大に行けるほど、頭はよくありません。でも、どこの大学に行ったらいいか、わからないんです」

「頭がよくないって、どのくらいの成績なの？」

私は一応、持ってきていた、模擬試験の結果を鞄《かばん》の中から出して、大叔父に見せた。

彼は意外と真剣にそれを見つめた。

国語……九十二点。しかし、日本史は七十点台だし、英語は五十点そこそこだ。

平均すると、偏差値は低くなってしまう。

「この偏差値で行ける大学、みたいなの、わかる？」

「あ、あります」

私は模擬試験の成績表の二枚目を見せた。そこには私がなんとか行ける、関東近郊の大学の国文科の名前がずらりと並んでいた。

彼はそれをじっと見ていた。

「O女子大の日本文学科に行きなさい」

「え」

「O女子大」

「なんでですか」

当時、女子大に行くことはまったく考えていなかった。

「私はこういう仕事をしているから、わかるのは本のことだけだ。うちの店には、新刊書の出版社、特に研究書を出しているところの編集者さんや取次の人も出入りしている。その人たちから聞いた話では、今、東京の大学で、新しい本が出た時、条件なしに購入して図書館に入れてくれる大学は五校くらいしかないらしい」

彼はすらすらと四つの大学名を言った。

超有名高偏差値の大学、戦前から国文学の研究をしている大学などで、どこも私の頭じゃ入れない。

「そして、五つめがここ」

指で私の成績表を指した。そこにはO女子大の名前があった。

「他のことはよくわからない。だけどね、大学なんて、図書館が充実していれば、半分くらいは自分で勉強できる」

「……そうなんですか」

「要は、学生時代にどれだけ本を読むかってこと」

私は半信半疑でうなずいた。

「それに、Oの先生は何人かこの店にも出入りしているが、まあまあ、いいよ。真摯《しんし》な先生が集まっている。特に中古文学の後藤田先生はうちの常連さんだしね……まあツケもためているが」

　わはははは、と大叔父は笑った。

　大叔父のアドバイスすべてを信じたわけじゃない。だけど、あの店で、元禄十五年から続いてる寿司を食べて、大叔父と話したことで、なんとなく気持ちが楽になったことは確かだ。実際はO女子大だけを受けたわけじゃなくて、いくつかの大学を受けたのだが。

　そして、幸か不幸か、O女子大しか受からなかった。

　でも、まあ、満足している。

　けれど、一つ後悔しているのは、大叔父が「何になりたかったのか」をあの時、聞きそびれたことだ。

　午前中は誰もお客さんが来なかった。

　午後は十二時少し前に店を開いた、隣の「汐留《しおどめ》書店」の店主、沼田《ぬまた》さんが挨拶に来た。

「汐留書店」は鉄道関係の本ばかりを扱っている古書店だ。ありがたいことに、まったく専門がバッティングしないので、滋郎兄とも仲良くやっていたらしい。

「お客さんが売りに来た本なんかで、鉄道関係のがあったら、ぜひうちに持ってきてくださいよ。査定して買い取りしますから」

人の好《よ》さそうな沼田さんはにこにこと笑った。

「汐留」には奥様もいらっしゃって、時々、交替で店番をするらしい。二人の仲の良い様子がちょっとうらやましい。

「何かあったら、遠慮なく相談してくださいね。うちも鷹島さんにはお世話になったし、お互い様ですから」

「ありがとうございます」

「休憩したい時はいつでも声かけてくださいね。数十分なら、お互いの店の間に座っていればなんとかなりますから」

「何から何まで、ありがとうございます」

あたしは深々と頭を下げた。


いや、なんかもう、うちの相続についての話、ほとんどクリスティのやつっぽいと思いながら私は神保町に向かった。

もし、大叔母が殺されたら、絶対、犯人は父か母だろう。いや、古本屋で殺人って、どちらかというと江戸川乱歩《えどがわらんぽ》か。そういえば、「D坂の殺人事件」を大学一年の授業でやった時、先生が「このD坂ってどこでしょうか」と質問したら、クラスの中でも派手な女の子が茶色い髪を触りながら「道玄坂《どうげんざか》？」って答えて、教室中が爆笑したんだよな……そんなことを考えながら大学を出る。

もちろん、D坂は団子坂《だんござか》なわけで、先生は苦虫を嚙みつぶしたような顔で「団子坂だよ」と言って、皆、もう一度爆笑した。改めて考えてみれば、どこがおもしろいのかわからないようなやり取りだけど、まあ、なんでも笑う年頃だったし、渋谷の街を江戸川乱歩ならぬ、明智小五郎《あけちこごろう》がうろうろしている様子が思い浮かんでしまって、笑いが止まらなくなったのだった。

あの頃は楽しかった、と改めて思う。大学院へ進んだ今は、あんな楽しいことはあまりない。

歩いてもいいいな、と思いながら、結局地下鉄に乗る。神保町で降りるつもりだったが、路線図を見て一駅先の小川町《おがわまち》に変更した。

小川町の店で大叔母に手土産《てみやげ》を買い、そのまま神保町方面に歩いて行く。

このあたりは良い雰囲気の店が多い。トンカツ屋、蕎麦屋《そばや》、カフェなどの飲食店だけでなく、古書店もあるし、楽器屋もある。平日の午後なのに結構、人通りがあった。

古書店の店先に積んである絵本や写真集を眺めたり、格安の新書の背表紙を見たりしているうちに、三省堂《さんせいどう》書店まで来てしまい、せっかくだから新刊本も見ていくか、と中に入った。一階のベストセラー本の棚を見、二階の文庫本をチェックし、三階のステーショナリー売り場で万年筆のインクの新色を試し書きしていた時……いや、こんなことをしている場合じゃない、とはっと気がついて、慌てて店を出る。

さあ、今度はちゃんと鷹島古書店に行かなければ、と思いながら、本棚しかない古い店舗の中にしっちゃかめっちゃかに古書を並べて売っている、市場のような店を見つけてつい入ってしまう。そこでは、戦前の婦人雑誌、「セェタア」のスタイルブックなどに見入ってしまった。

三冊五百円の婦人雑誌を買おうかどうか迷った末に、いけないいけない、とまた慌てて外に出て、次は固い意志を持って「鷹島古書店」に向かう。神保町の街は魅力的すぎてなかなか真《ま》っ直《す》ぐ歩けない。すでに二時を過ぎていた。

店は開いていた。

珊瑚大叔母に会うのは、大叔父の葬儀以来だ。あの時、大叔母は泣きじゃくっていたし、まだ、遺産のことなどがクリアになっていなかった。その前は曽祖父の法事の時だ。

彼女とも冠婚葬祭、いや、主に「葬」の時しか会っていない仲で、ちゃんとした話をするのは今日が初めてだった。あまり、自分から話をする人ではなかったし。

ガラスの引き戸をおそるおそる開いた。

「ごめんください」

本棚の間から奥をのぞくと、大叔母がぼんやりと座っていた。

「すみません」

しばらくいぶかしげにこちらを見ていた大叔母は、私がマスクを顎《あご》のところにずらすとすぐに私に気がついて、ぱあっと顔を輝かせた。

「もしかして、美希喜ちゃん？」

「お久しぶりです」

「来てくださったの。ありがとう」

ありがとう、の発音がほんの少し、こっちの人と違う。北海道の方言なんだろうか。

「親が行ってくるように、って。私、大学が近くなので。あ、これ、お土産です」

私は包みを差し出した。

「まあ、お気遣いいただいて」

大叔母は嬉しそうに受け取る。

「ありがとうございます」

「小川町の笹巻けぬきすしです」

「あら、お菓子じゃなくてお寿司なの」

「はい。でも、笹の葉で巻いているから手で食べられるので……お昼召し上がりましたか。一人で店番していたなら、まだかもしれないと思って。もし召し上がっていたら夜食に食べてください」

できたら、私も食べたいんだけどな、と心の中では思っていた。

「まあ、何から何まで……やっぱり、東京の方は若い人でも気が利くのねえ。それとも芽衣子さんの躾《しつけ》のおかげかしら」

「いえ……お店、開いたんですね」

「ええ。なんとかね」

私は大叔母の顔をうかがうが、彼女はにこにこ笑うばかりだ。これからどうするのだろう。店を続けるのか、やめるのか、ビルはどうするのか。

そのあたりのことを知りたいのに、大叔母はいつまでも何も言わない。

「どうですか。一日目は……」

「もう、てんてこ舞いでね、って言いたいところだけど、お客さんはほとんど来ないわね。ただ、レジのこととか隣のブックエンドカフェの美波さんに教えてもらって、助かったわ」

美波さんというのは隣をちらっとのぞくと見える、きれいなお姉さんのことだろう。

「お客さんが見ていくのは、店の前に置いている文庫本ばかりよ」

「ああ、そうですねえ。滋郎さんもそう言ってました。あれは客寄せで、あそこから選んだお客さんが店の中に入ってきたら、そこから中の本も買ってもらいたいんだけど、実際はそんなの十人に一人だって」

「あら。美希喜ちゃんは前にもここに来てたの？」

「はい。何度か」

「本当？　じゃあ、いろいろ教えてね。あたし、古本のことどころか、お店のこともなんにも知らないのね。もうどうしたらいいのか」

「あ、私、本屋のことはともかく、アルバイトでレジとかやってたことはあるので、締め方とかならわかりますよ。なんかあったら聞いてください」

そういう話の中で、お互いにスマートフォンでＬＩＮＥの連絡先を交換することになった。今は、年配の人もＬＩＮＥくらいはするらしい。

「ありがとう、本当にありがとう」

大叔母は私を拝まんばかりにお礼を言う。

「心細いことばっかりだったから、美希喜ちゃんが来てくれて嬉しいわ」

手放しで喜ばれると少し後ろめたい。

「大叔母さんはこれまでアルバイトとかしたことはないんですか」

「北海道ではねえ、近所の農協でお手伝いとか介護ヘルパーとかはしたことあるんだけど、レジは扱ったことがなくて」

「おお、お、大叔母さんは」

「ねえ、大叔母って言いにくくない？」

「言いにくいです」

思わず、苦笑してしまう。

「よかったら、珊瑚って呼んで。その方が言いやすいでしょう」

「あ、そうですね。珊瑚さんってかわいい名前ですよね」

「ありがとう。昔はからかわれたりしたんだけどね。これは兄たちが付けてくれた名前だから」

「え、そうなんですか」

それは初耳だった。

「私も同じです。祖父と滋郎さんが付けたって聞いてます」

「知ってますよ。光太郎と芽衣子さんに統一郎兄が頼まれて、滋郎兄に相談したって何度も聞いたから。あたしが言うのもなんだけど、いい名前よね。美希喜……いろんなものをよく見て、人の話をよく聞きなさいっていう意味なんですってね」

「私も気に入ってます」

「じゃあ、あたしたちは同じ二人に名前を付けてもらった仲間なのね」

珊瑚さんが同じ年頃なら、ハイタッチしたいところだが、にっこり微笑み合って終わらせる。

「珊瑚さんは結局、この店を……」

やっと少し気持ちがほぐれてきて、そう尋ねかけた時に、がらりとガラス戸が開いて、女の人が入ってきた。


若い……と言っても私より少し年上かと見える、女性だった。

本棚をきょろきょろと見回している。

一番外寄りのベストセラーや実用本のところを熱心に見ていた、と思ったら、急に近代文学の研究書が並んでいるところを見て、やっぱり、違う、と軽く首を振って、別の棚を見て……明らかに、本や古書店に慣れていない、という雰囲気が見て取れた。

自然と、私と珊瑚さんは顔を見合わせる。

どうする？　と珊瑚さんの目が言っている。

声をかけた方がいいかしら。

いいえ、こういう時は黙っていた方が。

そうね。

目と小さなうなずきだけでそこまで会話する。

私たちはレジの前にちんまり座って、じっと彼女が迷うのを見ていた。

しばらく店内を見回ったあと、彼女ははあっとため息をついて外に出ようとした。何も選ばずに。

でも、ガラス戸に手をかけ、しばらく……数秒考えたあと、思い切ったようにこちらを振り向いた。すたすたと近づいてくる。

「すみません」

「はいっ！」

私以上に、珊瑚さんが大きな声で答えた。

「なんでしょうか」

「あのお」

その時、改めて、私は彼女の全身を見回した。

おしゃれだし、感じがいい。ウールのコートを着て、髪をきれいに巻いている。手作りらしい、オフホワイトのレースのマスクもいかにもゆとりのある専業主婦らしい雰囲気。決して華美ではないが、身なりにちゃんと手をかけている女性だ。

「こちらは料理の本とか扱ってますか」

珊瑚さんが前に進み出た。

「あのあたりに実用書がありますわよ。それから、この辺にも」

自分が座っていた場所のすぐ横を指す。

「明治時代の料理教本とか指南書があります。在庫なら江戸時代の本もあります。『百珍物』と言ってね、豆腐の料理法を百集めた『豆腐百珍』とか流行《はや》ったのよ」

これは、珊瑚さん、店を開く前にお店の在庫を一通りチェックしたんだな、感心感心……って感心している場合じゃない。どう考えたって、この人が探しているのは、江戸時代の料理指南書ではないだろう。

「珊瑚さん、あの」

私が口を挟もうとすると同時に珊瑚さんが言った。

「でも、それを探しているわけじゃないわよね、どういうものをお探しでしょう。差し支えなければ」

わかってるじゃん。

「あの……お弁当の作り方の本をずっと探しているんです。私、うまくできなくて」

「ああ、お弁当」

なるほど、それならわかる。けれど、どうして、この店に来たんだろう。表通りに行けば、いくらでも新刊書を並べている大型本屋があって、最新版の料理本があるのに。

この人、身なりだって悪くない。まさか、新刊書が買えないほど困窮しているわけではないだろう。

「お弁当の本も確かあったはずよ、実用書のあたりに」

「あそこにあるだけですか」

「ええまあ」

彼女は少し落胆した表情になった。

「そうですか……ああいうのはもう持っているんです。すみません。また出直してきます」

一礼して帰ろうとした。それなのに、珊瑚さんはまたたたみかける。

「ああいう、お弁当の本じゃ駄目なの？　どういったものを探しているのかしら。もしよかったら……教えてくだされればもしかしたら、何かお役に立てるかも」

いや、おばちゃん、それ駄目。若い人にはそれ駄目だって。そういうの嫌がられる。

だけど、彼女は本当に困っていたのかもしれない。私たちの顔を交互に見た後、はあっとため息を一つついて、話してくれた。

「ああいう、写真がたくさんでていてきれいなお弁当の本はたくさん持っているんです。でもなんて言うか……うまくできないんです。使いこなせない、と言うか。最初、本を買った時は、わああ、これも作ろうあれも作ろうって思うんですけど、そこに載っているお弁当をそのままいくつか作って終わっちゃう。私本当に料理のセンスなくて」

彼女は恥ずかしそうにうつむく。

「アレンジって言うんですか？　洋服で言うとコーディネートというか、組み合わせるのができないんですね。ああいう本には、春のパン弁当とか、から揚げ弁当とか載っていて、本当にきれいで素敵ですけど、一度作ったらそれっきりで。本当はきっと本に載っている組み合わせ以外も、料理がうまい人は工夫してできるんでしょうけど」

「なるほど」

珊瑚さんが深くうなずいている。

彼女が言っていること、私はお弁当をあまり作ったことはないけど、ちょっとわかる気がした。きれいな料理本は写真の組み合わせのまま作るなら利用できる。だけど、毎日、お弁当を作るとなると、それだけでは駄目なのだろう。

「子供が幼稚園に上がって、お弁当を作ることになったんですけど、前の日からお弁当の本に出てる材料を用意して、朝五時半に起きて、本の通りに作って……もうそれでくたくたになってしまう。材料はたくさん残るし、朝ご飯なんてもう作れなくて、夫と子供には牛乳とパンだけ食べさせて」

彼女の目がうるんでいる。主婦にとっては死活問題なのかもしれない。

「もう、家にはお弁当の本が何十冊もずらっと並んでいるんです。夫に『これ、本屋開けるんじゃないか』ってからかわれるくらいで。もしかしたら、今、書店に並んでいるお弁当の本で幼児向けのやつ、ほとんど全部買ったかもしれません。本だけで何万も使ったと思います。それでも、できないものだから……こういう古本屋ならまだ知らない本があるんじゃないかなと思って。古本ならお安いし……どうせ、買っても使いこなせないし」

最後の方は捨て鉢に聞こえた。

「お客さんは、本は好きなんですか？　読書は」

「好きです。こういう古本屋に来るのは初めてですけど、小説なんかは時々読みます……最近は家事と子育てでなかなか読めませんけど」

どした。珊瑚さん、それ聞いてどうするつもりだろう。

「そう、じゃあ、ちょっと待ってて」

珊瑚さんが本棚を回って何か探し始めた。

「確か、この辺にあったはず」

探しているのは文庫本の棚だ。いや、それ違う、珊瑚、それ料理本やない、文庫や、って声をかけたいくらい。だけど、目の前の女性が私以上に不安そうにその背中を見つめているからできなかった。彼女と目が合ったので、にっこり笑う。大丈夫です、あの人は古本のスペシャリストですからちゃんと探してくれますよ、みたいな顔で。本当は今日が古本屋デビューです、なんてとても言えない。

「あった、あった」

そして、珊瑚さんは本当に文庫を一冊探し出してきた。女性に差し出す。

「お弁当づくり……？　ハッと驚く秘訣集《ひけつしゅう》……？　小林カツ代？」

「小林カツ代さん、知ってる？」

「あ、お名前だけは。ケンタロウさんのお母さんですよね」

「そう。もう亡くなられたけどね……この本の特徴はね、写真がないの」

「写真がない？」

　本を手渡された彼女はぱらぱらとめくる。確かに、ない。全部、文章だ。少しのイラストの他は細かい字で書いてある。

「もう普通の書店にはほぼない本なんだけどね」

「でも、きれいだね。装丁《そうてい》もかわいい」

　私は思わず、感想を言ってしまった。淡いオレンジ色とピンク色の地に、赤色のギンガムチェックの布で包まれたお弁当箱が描かれている。かわいらしいカバーだ。

「かぼちゃのスピード煮とか、とり肉とかぼちゃの煮ものとか、簡単にできて味がよくしみる、お弁当に入れるのにぴったりな煮物の作り方がたくさんでてるのよ。しかも、一つ覚えれば、それをジャガイモとか里芋とかで同じようにできるやり方なんかも書いてあるからアレンジできるはず」

　珊瑚さんは本を取り上げて、一つのページを指さした。

「この、梅酒煮豚とかもすごくおいしいわよ。もちろん、アルコール分は飛んじゃうから子供でも心配ない。あたしはお弁当だけじゃなくて、おつまみや晩のおかずにもよく作った。それから、焼き漬け……お魚の切り身やお肉をよく焼いてから醬油《しょうゆ》とみりんに漬けるの。それだけで十分味がしみるのよ」

「珊瑚さん、お弁当、作ってたの？」

私は思わず、尋ねる。

「母が忙しかったからね。仕事に行く父のお弁当とアルバイトに行く自分のお弁当を長いこと作ってたのよ」

私に説明する。

「残念ながら、子供のお弁当はやったことないけど……この本の最初の方に、幼いお子さんのお弁当についてもいろいろ書いてあるはずだから」

彼女はすでに本を読みふけっている。

「あなたみたいな人にはね、もしかしたら、こういう読む料理本の方がいいんじゃないかしら」

「……はい。初めてです、こういうの。料理本って言ったら、華やかなカラー写真が付いている大判のものばかりかと思っていました」

「まあ、よかったらここでちょっと読んで、気に入ったら買ってくださればいいですからね」

「いえ、これ、いただきます」

彼女はきっぱり言いながら、裏表紙をめくった。そこには値段が書いてある。

「三百円。お安いですね」

思わず、という感じでぱあっと笑顔になった。

「ありがとうございます」

珊瑚さんは三百円を押し頂くように受け取った。

会計を済ませると、彼女ははあっとため息をついた。

「お疲れなの？」

「あ、はい。今日はずうっとこのあたりをうろうろして……古本屋めぐりをしていたものですから」

「あらまあ、じゃあ、よかったら座って少し休んだら」

珊瑚さんは奥からもう一つ椅子を出した。

「遠慮はいらないから」

本当に疲れていたのだろう。彼女は素直にそこに座った。

「お茶淹れましょうか」

私はちょっと頭を抱えたくなった。三百円のものを売って、お茶出してたら商売にならん。

でも、彼女が素直にうなずいたので、珊瑚さんは熱い日本茶を私の分も三つ淹れてきた。

「ああ、おいしい……すみません。このあたりで、安くておいしいお店なんてありませんか。お昼ご飯も食べ損ねちゃって」

私は思わず、時計を見る。三時を過ぎていた。

「もう、ランチタイムは終わっているわよねえ。このあたりなら、ラーメン屋か牛丼屋《ぎゅうどんや》か、うどん屋くらいしかないわねえ」

「そうですね」

私もうなずく。

「せっかくここまで来たから、なんかおいしいものでも食べようと思っていたんですけど」

「喫茶店がたくさんあるから、そこで何か食べるか……それも、ランチタイムは終わっているかもしれないけど」

あ、と私と珊瑚さんは顔を見合わせた。

いい？　と珊瑚さんは目で尋ねてきた。

まあ、しかたないでしょう、という気持ちを込めてうなずく。

「あの、よかったら」

珊瑚さんは私が持ってきた包み……けぬきすしを取り出した。

「これ、今、この子が持ってきてくれたのね。よかったら、少し食べる？」

「え、でも」

「あたしたち、口付けてないから、まだきれいよ」

木の箱の蓋をぱっと開ける。美しい笹の緑が目に飛び込んでくる。

「いいんですか……でも、申し訳ないような」

「食べられるなら、お一つ、どうぞ。あんまりお腹《なか》が空《す》きすぎて、帰りの電車で気持ち悪くなったりしたらいけないから」

彼女はおそるおそる手を伸ばした。私たちの顔を見ながら……遠慮しつつ、でも、空腹には勝てないようで一つを取った。

笹巻けぬきすしは海苔巻きのようになっていて、普通の海苔巻きの半分ほどの寿司をクマザサでくるりと巻いてある。笹の香りもよいし、目にも鮮やかだし、何より、腐りにくくなるらしい。

彼女が最初に取ったのは、かんぴょう巻きだった。笹の葉の下は海苔が巻いてある。しかし、普通のかんぴょう巻きとは違って真ん中にかんぴょうが入っているわけではなく、端に入っている。

「……おいしい」

私は思わず、喉《のど》がごくりと鳴った。

笹巻けぬきすしを食べたのは、大叔父を訪ねてこの店に来た高校生の時、その一回のみだった。私は進路の相談をするつもりで来て、ほとんど初めて話す大叔父に緊張しっぱなしで、味は覚えていない……と思い込んでいた。それで大叔母と一緒に食べて思い出そうと思ったのだ。

いや、でも、ちゃんと覚えていた。

目の前で、食べている様子を見て、その匂いと味と食感がありありと思い浮かんできたのだ。

かんぴょう巻きはぎゅっと巻かれていて、でも、固すぎず、柔らかすぎず。寿司飯とかんぴょうがしっくりなじんで、醤油なんてなくても十分おいしかった。たぶん、寿司飯に塩味がしっかりついていたのだろう。決して濃すぎない味で、とてもとてもおいしかった。

あの時は大叔父がいて、私のことを優しい目でじっと見つめながら「食べなさい、どんどん食べなさい。若い人はいくらでも食べられるでしょう」と言った。

私は気がつくと、泣いていた。でも、おかしなふうに思われたらいけないから、お客さんに見つからないように涙を拭いた。

「この巻き寿司、真ん中に具が入っていないんですね」

彼女は自分が持っている寿司をじっと見ながら言った。さらに珊瑚さんに勧められて、もう一つ手に取った。それは玉子焼きのお寿司だった。これまた、普通の寿司とは違っていて、海苔の代わりに薄い玉子焼きに包まれた巻き寿司なのである。

あれは確か……私は思い出す。玉子焼きの味は甘くない。塩味の玉子焼きがしっかりした味付けの寿司飯をくるんでいる。これまた、そのまま食べてとてもおいしい。

ふと思う。昔は砂糖は貴重品だったと大学の授業で聞いたことがある。きっと玉子焼きに今のようにふんだんに砂糖は入れられなかったのだろう。それであぁいう味付けになったのかもしれない。

「これも普通の玉子のお寿司とぜんぜん違いますね」

「ねえ。料理ってきっと正解なんてないんでしょうね。おいしかったらなんでもいいのよ。見た目は違ってもね」

珊瑚さんの声が優しい。

「どうもありがとうございました。これ、読みながら帰りますね。それからお寿司もごちそうさまでした」

彼女は何度も何度も頭を下げて帰って行った。

「さあ、どうだった？　珊瑚叔母さんは？　お元気だった？」

家に帰ると、私の帰りを待ちわびていたように、リアリスト芽衣子が尋ねた。

「まあね」

私はバッグを自分の部屋に置きに行く振りをして母から逃げようとする。

「ちょっと、待ちなさい。鷹島古書店には寄ってきてくれたんでしょうね」

「やめてよ、私、まだ手も洗ってないし」

私は洗面所で手を洗って、一緒に顔も洗った。

「そのくらい、答えられるでしょう」

母がその入口で仁王立ちになって尋ねた。

「元気だったよ」

顔を拭き拭き、答えた。

「ああそう。お客さんとかは？　来てた？」

「うん。何人か」

「あの店、どうするか、聞いた？　何か言ってた？」

「さあね」

私は顔を拭いていたタオルを洗濯機に投げ入れ、母を振り切って自室に入る。

「あっち、行ってよ。着替えるんだから」

「ちょっと、美希喜！　後でちゃんと聞くからね」

母は不承不承、ダイニングキッチンに戻っていった。

さあ、どう答えようか。

私は部屋着に腕を通しながら考える。

まあ、お客さんについては見た通り答えるしかない。あったことをそのまま。だけど。

あのことはどうしよう。

私は気がついていた。

大叔父が店をやっていた時にあったものがなくなっていること。ある意味、古書店に一番大切な物がなかったこと。故意でなければ決してなくなるはずのないもの……。

それは「古書高価買取」の看板。

大叔父の店のは、ブリキか銅か鉄で出来ている金属製で立派だった。確か、入口の脇《わき》の壁にネジでがっちり留められていたはずだ。

あれがなかった。きっと、ネジをはずして（そう簡単なことじゃなかったはずだ）誰かが奥にしまったのだ。

それは珊瑚さんなのか。彼女だったとしたら、どういう気持ちを表しているのか……。

はっきりするまで、母にはまだ黙っていようと思った。

第二話

『極限の民族』

本多勝一著と日本一のビーフカレー

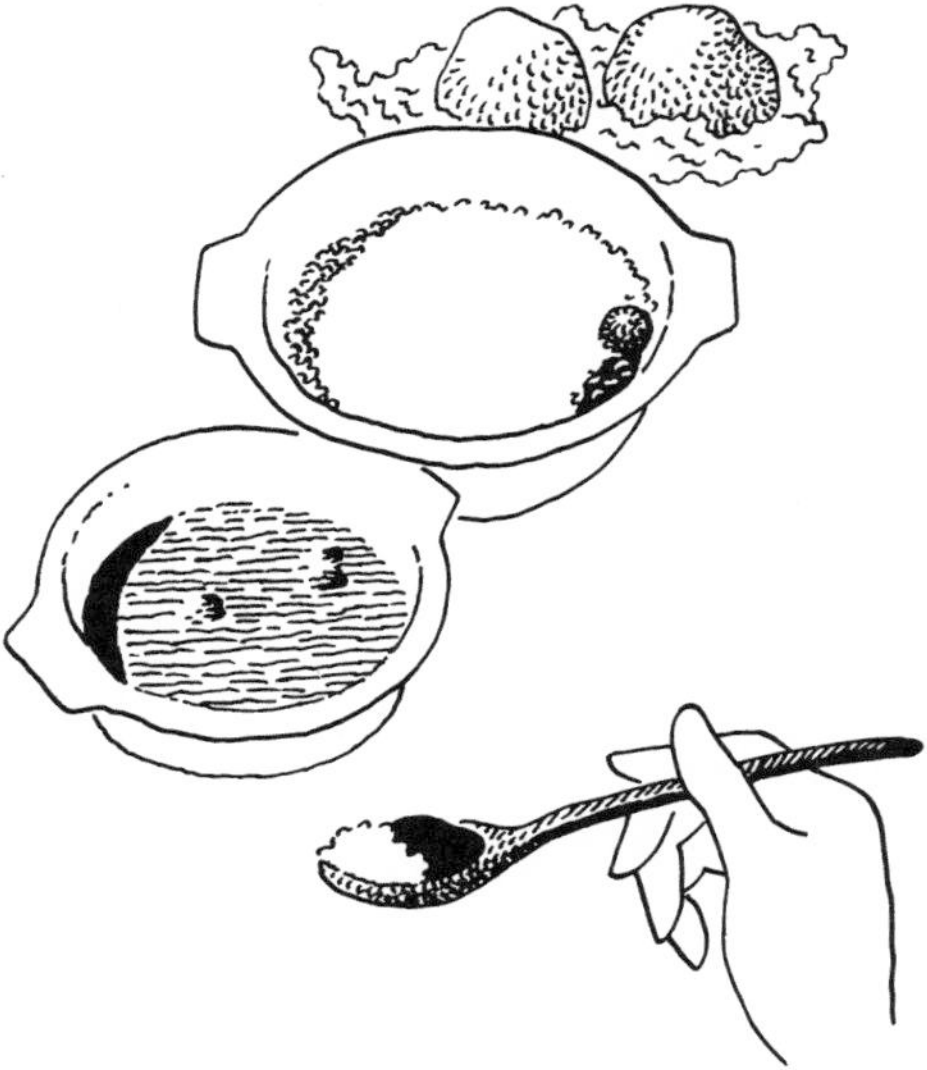

この歳《とし》になると目覚まし時計なんかなくても、朝六時にはぱっちりと目が覚める。

あたしは布団の中で一瞬、考える。

——ここはどこだっけ……。今、どこにいるんだっけ。

東京に来てから、そんな日々が続いていたけど、その時間が少しずつ短く、少なくなってきた。

今はすぐに頭がはっきりして、ここは帯広《おびひろ》じゃない、とわかる。

よっこらしょ、と身を起こしてパジャマの上から綿入れを羽織った。ベッドから足を出すと、床が冷たくて、ひいっ、と声が出てしまった。昨夜、脱ぎ捨てた手編みの靴下とスリッパをベッドの下から引っ張り出した。

あくびをしながら一階に降り、まず電気ケトルに水を注いでスイッチを入れた。湯が沸くまでの間に洗面所で顔を洗う。一階には六畳の二間と、小さな台所、風呂《ふろ》、トイレがあるけれども、あたしはそこに落ち着くことはない。コーヒーを淹《い》れると、そのカップを持ったまま、また二階に上がった。

一階の二間は隙間《すきま》なく本棚と段ボール箱が並んでいて、ぎっしりと本が入っているから足の踏み場もない。ほとんど、倉庫のようなもので、窓も本棚で潰《つぶ》されているから午前中は日も入らない。

ああ、寒い寒いと言いながら、コーヒーをベッドサイドの低い引き出しの上に置いて、またベッドに潜り込む。

ここは兄が生前住んでいた高円寺《こうえんじ》の一軒家で、一階が水回りと倉庫、二階が荷物置き場と寝室になっていた。

故郷を出る時には、「東京に行けていいわねえ」「素敵ねえ」と言われてきたけれど、このこと、この家に関する限り、正直、帯広のマンションの方がずっと快適で新しかった。お風呂もトイレも狭くて古いし、何より、隙間だらけの木造家屋が寒くてしかたがない。北海道のマンションは保温がしっかりしていて、各部屋に石油ストーブがあった。真冬だって部屋の中で寒いという思いをしたことがない。

兄はこの築五十年の木造家屋に二十年以上住んでいたらしい。どうして、引っ越しを考えなかったのだろう、お金がないわけじゃなかったのに、とあたしはうらめしく考えてしまう。

高円寺駅から歩いて十二分、築五十年、４Ｋの家賃が月十万円は、高いのか安いのかわからない。でも、都会の中にたくさんの本を置く場所が必要となれば、こんなところに住むしかなかったのだろう。一階にほとんどの本を置いているのは、古い家の二階に本の重みはとても耐えられないと判断したんだと思う。

「滋郎《じろう》さんにはずっとお世話になってねえ」

最初に挨拶《あいさつ》に行った時、玄関のところでお家賃を渡すと、九十近い、大家の平塚《ひらつか》さんはそう言って目を細めた。

玄関は立派な檜造《ひのきづく》りで、なんだか、木の幹をそのまま磨いたような置物と大きな中国の壺《つぼ》が彼の後ろに並んでいた。そこだけでもこの寝室よりずっと広い。

「ずっと住んでいただいてありがたかったですよ」

平塚さんの家は高円寺駅から歩いて二十分以上かかる、松《まつ》ノ木《き》という場所だった。昔からの地主なのか、農家だったのか、広い敷地に建つ、平屋建ての日本家屋で、今はその庭のほとんどが駐車場になっていた。高円寺エリアにアパートや貸家をいくつも持っている、というのは不動産屋から聞いた。あたしは一瞬、彼が手にする、月々のお家賃や駐車場代を計算しそうになったけど、果てしない金額だと気がついて、すぐやめた。

お家賃の最初の一回分だけを、挨拶もかねて手渡ししに行った。高円寺駅からコミュニティバスのような小型のバスに乗った。東京にもこんなところがあるのかと驚くような、のんびりとした場所で、どこの駅からも遠い。

「もう十年近く、更新料もいただいてないし、家賃の値上げもしてないんですよ」

彼がそう言ったのも決して恩に着せようとしたわけではないとは思う。

「ありがとうございます」

それでも、お礼を言わないわけにはいかない。深く頭を下げた。

「ぜひ、妹さんにも長く住んでいただきたいですねえ」

あたしはなんと答えたらいいのかわからなくて、あいまいに微笑《ほほえ》んだ。すると、それではらちがあかないと思ったのか、「で、どうするつもりですか、お店の方は」と平塚さんは尋ねてきた。

「まだ決めていないんですよ」

しかたなく、正直に答えた。

「そうですかあ。でも、ビルはどうするんです。神保町《じんぼうちょう》のビルは。あちらも長く、出版社だかなんだか会社が入っているんでしょう」

この人はそんなことも知っているのかとびっくりした。

「ご存じでしたか」

「そりゃあ、そうですよ、大家ですから。最初に入られる時に一通り身の回りのことはお聞きしました。当時はまだビルのローンを払っておられるとおっしゃっていたから、うちのばあさん……もう、八年前に逝《い》きました……なんかは身元がはっきりしないし、会社員じゃないから収入面が心配だ、なんて言ったもんですが、辻堂《つじどう》出版の社長が保証人になってくれてやっと決まったんですよ。それに、あの頃《ころ》はまだまだ本がよく売れてたみたいですね。最近は、ローンこそなくなったものの、本業の方はさっぱりだ、なんて言っておられましたけど」

「はあ」

保証人のことはその時初めて聞いた。これは辻堂出版の社長さんにもお礼を言わないと、と心に書き留めた。

「でも、鷹島《たかしま》さんがローンを完済した時は私も嬉《うれ》しくてね。実は私もちょっとへぼ碁を打つんです。鷹島さんは強くてとても相手にならなかったんですが、それでも、時々はお手合わせをしてくれまして」

確かに、兄は子供の頃から碁をやっていた。確か、小学生の時に地区の囲碁大会で優勝したこともあったはずだ。

「碁を打ちながら、ビルのことやら商売のことを話したもんです。持ってる物件はまったく違いますが、お互いに大家ですから、話も合ったし……ローンを返し終わったと聞いた時は、じゃあ、少し寄って行きなさいよ、なんて誘って、うちで一局打って、一杯飲んでもらって……。あの時は私も大いばりで、鷹島さんが帰った後ばあさんに『ほら、見たことか、あの人は立派な人だ。俺《おれ》が言ったとおりじゃないか』って」

ははははは、と彼は笑った。

「あんな口うるさいばあさんでも、いないと寂しいもんです。おまけに鷹島さんも逝ってしまって」

　色が白いから、彼の目元が赤くなっているのがはっきり見えた。

「生前は、重ね重ね、ありがとうございました」

　さっきより、さらに深く頭を下げた。

　また、ビルのことなど、相談に乗ってください、と言葉を添えると、「鷹島さんにも言ったんだが、もしも、処分されるようなことがあったら、うちにもいくつか出入りしてる不動産屋があるから紹介しますよ」とまた話が続く。

　ただお家賃を渡しにきただけなのに長居しては申し訳ないと、帰るつもりで立ち上がりかけていたのに、また玄関先に座ってしまう。

「私も相場がわからない人間じゃないし……だまされないようにしてあげるから」

　もともと話好きなのか、「ばあさん」が亡くなってから話をする相手を探しているのか。それからも、今売るのは賢明じゃないかも……しかし、今後、人口が少なくなるのはわかってるし、東京の地価がどうなるかは不動産屋もわからない、と言ってる……などといつまでも話はつきないのだった。

　なんとか話を終えて、バスに乗って駅まで戻りながら、これは心強い相談相手ができたとありがたく思いつつ、でもお家賃はしばらくは振り込みにしよう、話が長いからと考えて、つい一人で笑ってしまった。

二階には六畳と四畳半の二間、それに一畳ほどの木のベランダがあった。あたしはベッドに腰掛けてコーヒーを飲む。椅子《いす》が二つと机があり、壁にはいくつかの額がかけられている。その絵は兄が買ったものらしい。その絵の価値もまた、あたしにはよくわからないけれど、絵のタッチからして、二人か三人の作家の絵が混じっているのではないかと思う。

部屋の作りは和室だけど、床がフローリングになっていて簡素なところは、ゴッホのアルルの黄色い家の寝室を思わせる。

しかしゆっくりできるのは、二階もこの六畳だけで、隣の四畳半には一階ほどではないけれど、いくつかの段ボール箱が積んであった。そこには古い雑誌など、比較的重量の軽いものが詰め込まれている。押し入れには兄の季節はずれの服や私物が入っていた。

これらの物をどうしたらいいのだろうか、と東京に着いてからずっと考えている。しかし、少しありがたいのは、古本以外は物が少ないことだった。服はほとんど毎日同じようなものを着ていたらしいし、外食が多かったのか、台所には鍋《なべ》とフライパンが一つずつと二人分の簡素な食器があるだけだった。

食器が二人分、というところにどこか気持ちが騒いだけれど、ここに誰《だれ》も来なかったわけではないだろうし、それが女性なのか男性なのかはわからない。ただ、揃《そろ》いの飯茶碗《めしぢゃわん》が大小二つあるのが気になる……小の茶碗も決して女性的な色形ではなく、どちらもそっけない白い焼き物であるのを見ると、女性が使ったとは言いきれないかもしれない。

もう一つ気になるのは、台所の戸棚の中に、基本的な調味料……醬油《しょうゆ》、塩、砂糖などの他にみりんとナンプラーが置いてあることだった。みりんやナンプラーというのは女の影がないと存在できないものではないか、という気がする。

兄は筆まめな人で、両親にもあたしにもよく長い手紙をくれた。でも、そこに女性の存在を匂《にお》わせるようなものは何もなかった。結婚したいという相手を連れてきたりしたことも一度もない。

兄が店で亡くなって、あたしが東京に駆けつけ、そのまま葬儀を行ったあと、この家に最初に来たのは、あたしと美希喜《みきき》ちゃんのお母さん、芽衣子《めいこ》さんだった。

葬儀の後、あまりに急なことにただただ泣くばかりで、ぼんやりしていたあたしに、「あのー、滋郎さんのお宅を開けないといけないいんじゃないでしょうか。もう一週間近く誰も行ってませんし、中がどうなっているか、チェックしないと」という声が降ってきた。

上を向くと、芽衣子さんの生真面目《きまじめ》な顔があった。

滋郎兄は皆に好かれていて、一族も、昔からの友達も、東京の仕事上の仲間も涙し、がっくりと肩を落とす人は多かった。葬式はすすり泣く声であふれていた。

芽衣子さんもたぶん、悲しんでくれていたと思う。あたしは葬儀の間、あまりにも呆然《ぼうぜん》としてしまって見ていなかったけど。

でも、その時の彼女は「悲しいは悲しいけど、でも、まあ葬式も終わったし、切り替えていかないと！　いろいろやることはありますし！　もちろん、私も悲しいは悲しいですけどね！」……というような顔をしていた。

「そうねえ。ありがとう、芽衣子さん、気がついてくれて」

あたしはその表情に背中をどんっと押されたような気がして、涙を拭《ふ》いた。

「私、病院で滋郎さんの荷物を預かったので、たぶん、その中に鍵《かぎ》はあると思います。でも、万が一その中になくても、貸していただけるって大家さんが言ってました」

「大家さん？　いつ」

「お葬式の時に聞きました。私、受付で張ってたんです。お香典は、親類、仕事関係なんかで分かれてましたよね。その他の人の中からそれらしい人に声をかけました」

なんと。あの大勢の参列者の中から、大家をめざとく見つけ、すでに話をつけておいてくれたとは。あたしは感心を通り越して、口をあんぐり開けてしまった。

これまでも芽衣子さんと会ったり、話をした時に「東京の人だなあ」と思わされることはたびたびあった。

北海道で生まれ育ったあたしは、ほんのわずかしか東京人と接したことがないが、でも、やっぱり東京の人は違う、と思っている。一言で言ったら「しっかりしている」とか「目端が利く」ということなんだろうけど、「要領がいい」とか「現実的だ」とか、「少し見栄《みえ》っ張りだ」とか……いろんなことをひっくるめて「東京の人だ」と時々、感嘆まじりにつぶやいてしまう。

地元では何かの折に、誰かが「やっぱり、あの人は東京の人だねえ」と言い、皆が賛同するということがあった。時に、それは内地から来て数十年経《た》った人だったりするから、そんなふうに決めつけるのは少しお気の毒だったが。

とにかく、芽衣子さんという人はあたしの中の「東京」が集約されたような人で、美希喜ちゃんも十分しっかりしているけれど、芽衣子さんにはかなわないと思う。

そんなわけで、あたしと芽衣子さんは、葬儀の翌日には高円寺に向かっていた。

中央線の車内で「滋郎さんが亡くなってこんなにすぐに……とお思いかもしれませんが、こういうことはできるだけ早くした方がいいと思うんです。家の中がどうなっているかわかりませんからね。滋郎さんはペットを飼っていたりはしなかったと大家さんも美希喜も言っていましたが、こればっかりはわかりませんし。もしかしたら、ここ数ヶ月で飼い始めた可能性だってないとはいえません。締め切りの家の中に子犬なんていたら……あああわいそう」

芽衣子さんは顔をしかめて、首を振った。

「もちろん、わかってますよ。いえ、芽衣子さんが気がついてくださってありがたいです。あたしはぼんやりしてしまって」

あたしは本当に感謝していたから、頭を下げて礼を言った。

「まあ、ペットというのは大げさですが、でも、キッチンなんかがどうなっているか……これはなるべく早いうちに行って、片付けなければいけませんから。まあ、あまりにもひどかったら業者にやってもらいましょう」

「……兄はきれい好きだから、そんなゴミ屋敷みたいにはなってないと思うけど」

「でも、男一人で歳も取ればどうしたって、だらしなくなりますから」

家に着いておそるおそる鍵を開けると、中はひっそりとしていて、大量の本の他は異常なことは見受けられなかった。

ああ、よかった、滋郎兄がだらしない人でなくて……と胸をなでおろしていたら、「じゃあ、行きますよ」と芽衣子さんの一大決心したような声が聞こえた。振り返ると、彼女が小型冷蔵庫に手をかけていた。

「いち、に、さんっ！」

芽衣子さんがばっと開いた冷蔵庫には、ほとんど何も入っていなかった。飲み物とヨーグルトくらい。

「あー、よかった。中に食べ物が詰まっていたりしたらどうしたものかと思っていました」

これまた、現実的な声で芽衣子さんはつぶやいたっけ。

あの冷蔵庫からも、兄がほとんど料理をせず、本と旅以外には興味のなかった人だったんだなということがわかる。本の在庫を移すのも面倒だし、きっと、引っ越すことも考えていなかったんじゃないだろうか。でも、女性がいたらもう少しましな家に住むんじゃないか。それに、死んで一年近くも経つのだから、そんな人がいたらどこかであたしの前に現れてもおかしくないんじゃないか。

まあ、家のことは、あたし自身も今、新しいマンションを探して引っ越す決心はつかない。東京にいつまでいるかもわからないし……。お金があるかないか、ということは関係なく、やっぱり、ここに住めないわけでもないのにもう一つ借りるというのは、もったいないと思ってしまう。

そうだ、女性のことは、美希喜ちゃんにも聞いてみよう。あの子は店の方に顔を出してくれていたらしいから、何か知っているかもしれない。

家を出る前に、兄の本棚から何冊か本を出して、バッグに入れた。

前日に売れた本をメモし、同じような本を探して補充するということを毎日やっている。あたしは滋郎兄のように本を見分ける目は持っていないから、同じ作家の本や、文庫本なら同じ出版社の同じくらいの厚さのものを選び、同じ値段をつけて棚に並べている。それが正しいのか正しくないのかわからない。自分の値付けに、まったく自信がない。

でも、こうしているうちに、この本棚の本も少しは減ってくれるのだろうか。

九時過ぎに、家に鍵をかけて外に出た。

住宅街をしばらく歩き、早稲田《わせだ》通りを越えると、ぽつぽつと店が見えてくる。

あたしは純情《じゅんじょう》商店街の一本外の道が好きで、いつもそこを通って駅に向かう。純情商店街より細い道だけど、両側にびっしりと元気のいい店が並んでいて、ただ歩いているだけで楽しく、元気が出る道だ。何より、駅前のスーパーが好きで、行きも帰りも店先をのぞいてしまう。そこを見るためにこの道を通っていると言ってもいい。食べ物屋もたくさんあって、餃子《ギョーザ》、カレー、ラーメン、天ぷら、パン、焼き肉、沖縄《おきなわ》料理……ここだけで世界中の料理が食べられるんじゃないかと思うくらい。その合間に、古着屋やアクセサリー屋が混ざっているのも楽しい。若い人の店だから入ったことはないけれど、華やかでよいなあ、と思う。

北海道と東京の違いはいろいろあるけど、こういう商店街というようなものはやっぱり、東京の特色だ。もちろん、札幌《さっぽろ》にはあるし、帯広にも駅前に店が並んでいる大通りはあるけれど、こういう小さな個人商店がごちゃごちゃどこまでも並んでいるようなところはない。

道東で買い物をするとなると、やっぱり、イオンのようなショッピングモールや大型スーパーに行くことになる。それはそれで、楽しいし、なんでも揃っているのは楽だけれど。北海道の人は「東京はいいわねえ」と言う一方で、「でも今は北海道にもなんでもあるわよ」とも言うけれど、こういう場所は人口が多い土地でないと成立しない。

あたしはこういう場所に住むのは生まれて初めてで、最初は戸惑ったし、カートを引いて買い物に出かけたら、一通りの買い物を済ますのに、あっちに行ったりこっちに行ったりして、疲れ切ってしまったのだけど、慣れればどうということもない。

これが鈴子《すずこ》さんたちが言っていた「東京」なんだろう。

駅前のスーパーで一玉百円の白菜を見ていたら、「いらっしゃい」といつも店先にいる、四十代の女性店員が声をかけてくれた。

「それ安いでしょう」とあたしの視線にすぐ気がついて、言う。

「ねえ。安くてびっくりしちゃって」

「よかったら、取っておきましょうか」

あたしが神保町の古書店主で、いつも午前と夜、店の前を通っているのは、ここ一ヶ月ほど通う中で知られてしまっていた。

「でも、一人じゃなかなか食べきれないから」

「半分は漬物にしたら？　ひねたいい白菜だから、おいしいですよ。それから、白菜は冷凍できます。一口大に切ってストックバッグに入れて冷凍庫で保存して、あとは食べる分だけ出して使うの。冷凍した方が火の通りも味のしみるのも早いのよ」

「あら。冷凍できるの？　じゃあ、お願いしよう」

彼女のセールストークに乗せられて、つい言ってしまう。

「よっしゃ、どれがいいかな」

彼女は腰軽く、大きめの一玉を選んでくれた。

「お金、お払いしておくわ」

「大丈夫、大丈夫。レジの後ろのところに置いておくから、帰りに声かけて」

それだけじゃ悪いので、他においしそうなフルーツトマトとりんごも一緒に取り置きしてもらうことになった。

「北海道に比べたら、こっちは値段が高いんじゃないですか？」

あたしの過去のことまで知っている彼女は最後にそう言った。

「ううん。北海道は冬は雪が積もって青物は採れないから、内地から運んでくるでしょう。輸送費がかかるからか、高いのよ。東京の方がずっと安いんじゃないかしら」

「へえ、そういうものですか」

店を離れながら、たった一ヶ月でこういうやりとりができるようになる、東京……というか、高円寺の街はいいものだと思った。

地方の方が温かい、東京は冷たい、と言う人もいるが、何、どちらにもいい人も悪い人もいるのだ。

兄がこの町に住んでいたのも、神保町から歩いて十分ほどの御茶《おちゃ》ノ水《みず》駅から電車で一本の利便性に加え、町独特の雰囲気ゆえなのだろうと思った。


偏食の子供のことをこのところ、ずっと考えている。

始まりは、私が学部生時代に書いた論文……いや、そこまで行かない。「近現代文学」の授業中に「偏食の子供は、戦前の文学作品の中にほとんど出てこない。子供が好き嫌いを言うということはほとんどあり得なかったのではないか」という内容を簡単なレポートにして提出したことだ。私はその例として、『人間失格』の中の「私」の子供時代、また、『細雪《ささめゆき》』の悦子《えつこ》の偏食を取り上げた。

先週、日本文学科教授室の前で、近現代文学の加納《かのう》先生とばったり会い、その時「あのレポートはよかったから、もう少し例を増やしてみたら、何かおもしろいことになるんじゃないか」と声をかけられた。

今、私は「中古文学研究室」に所属しているわけだけど、もちろん、近現代の小説を読まないわけではないし、むしろ、好きだ。大学二年で専門を選ぶ時、「中古」か「近現代」か、少し迷ったくらいだから。

ああ、他に偏食の子供が出てくる、戦前戦中の文学作品はないものか、と考えながら「鷹島古書店」に向かって神保町を歩いていた。

途中、お気に入りの古書店の店先をのぞいた。

店先の台に並んでいるのは、一冊百円の文庫本や二百円の新書などで、一見普通の店とあまり違いがないが、中に入ると、明治大正から現代までの国文学の研究書がたくさん置いてある。その背表紙を見ていると必ず、一冊や二冊は手に取りたくなる。また文庫本コーナーには岩波文庫やちくま文庫、中公文庫が中心に並んでいるのだが、この文庫のチョイスが良い。東洋哲学の解説書から杉浦日向子《すぎうらひなこ》の江戸ものまで幅広く、全部読みたい、と思ってしまう。

今日はちくま文庫の『お伽草子《とぎぞうし》』が目に留まった。円地文子《えんちふみこ》や谷崎潤一郎《たにざきじゅんいちろう》の訳で、これは読んだことがない。少し汚れていて、三百円だった。すぐに買うことを決めた。

レジ前にいつも仏頂面で座っているのは頭がつるつるの老人だ。何度も買い物しているのに、愛想《あいそ》の一つ、笑顔の一つもない。店の選書は彼の趣味なんだろうか……この爺《じい》さんと趣味が一緒なのか……複雑な思いで店を出た。

あれから、ほとんど毎日のように「鷹島古書店」を訪れる日々が続いている。「いつも見張っているのよっ！」という母、芽衣子の言いつけもあるが、私もやっぱりあの店が気になるのだ。

古書店を出たところで、「この近くにカレーのボンディがあった」と気がついたら、急にお腹《なか》が減ってきて、あのカレーを久しぶりに食べたくなった。

一時過ぎに着くと、幸い、客が途切れたところで、すぐに案内してもらえた。

店の看板、ビーフカレーを頼んで、待っている間、今買ったばかりの『お伽草子』の谷崎訳「三人法師」を読む。古本を買って、カレー屋や喫茶店に入り、それを広げる時の楽しみはまた何ものにも代えられないものだ、と思う。

「三人法師」には谷崎の、この話は稚拙だけれども構成が良くてまとまっているし、哀愁が漂っていて良い、というような序文がついていて、読む前からわくわくした。

「三人法師」って読んだことあったっけ？　と頭をひねった。確か、お伽草子は有名な何編かを読んだことがあるはずだが記憶にない。

しかし、それを一ページ開いたところでジャガイモとカレーが届き、私の興味はたちまちカレーに移った。

ボンディのビーフカレーは大きな肉がごろごろ入っている。ご飯にはぱらぱらとチーズがかかっていて、別にジャガイモが二個とバターが付け合わせだ。濃い褐色の香り高いルーを、ソースポットからレードルですくい取り、ご飯にかける時のどきどき感はなんとも言えない。

一口食べて、ああやっぱり来て良かったな、と思う。

口当たりはまろやかで柔らかく、まるでビーフシチューか何かのようなのに、それはすぐに裏切られる。実はその底にしっかりしたスパイスの辛さがひそんでいるのだ。

おいしいー！　と心の中で叫んでいた。

さすがに神保町のカレーのチャンピオンだ、と思う。

あ、そうだ、これ、珊瑚《さんご》さんに食べさせてあげよう、と思いついた。

LINEで「珊瑚さん、お昼食べた？　今、ボンディにいるんだけど、カレーがとってもおいしいの。買っていってあげようか」とメッセージを送ると「お願い。今日は食べ損ねているの」という返事が即座に返ってきた。

「すみません、持ち帰りのビーフカレー一つ追加で、中辛にしてください」と近くにいたウエイトレスさんに頼んだ。


鷹島古書店に着いて、店を開けていると「おはよう」と辻堂出版社長、辻堂誠《まこと》が入ってきた。

彼の歳はたぶん、あたしより少し上で、滋郎兄より少し下というところだろう、と当たりをつけている。あたしにはざっくばらんな口調で話すけど、滋郎兄については親しみを込めつつ、どこか尊敬が混じった言葉遣いだからだ。

社長はカシミヤのベージュのコートを着て、黒い帽子をかぶり、黒の革の手袋をしていた。どれも高級品のようだ。身長が百八十くらいと高く、縦にも横にも大きい。コートはきっとオーダーなんだろうな、といつも見ていた。

「あーあ、寒いな」

そう言って、勝手知ったる他人の店、自分で折りたたみの木の椅子を開き、レジの横にどっかと腰を下ろした。帽子を取ると、薄いけどきれいになでつけられた銀髪が現れた。このくらいの歳になったら、ふさふさなんかより、こっちの方がずっと素敵だと思いながら、それを見た。

「今、ストーブをつけたばかりなんですよ。もう温まってくると思います。お茶淹れましょうか」

「ありがたい」

最初に挨拶に行った時、滋郎兄の保証人になってくれたことの礼を言うと「いや、当たり前のことをしただけですよ」と謙遜《けんそん》しつつ、どこか嬉しそうだった。

「考えてみたら、私が保証人になるっておかしな話なんだけどね。だって、私がここの店《たな》子《こ》なんだから、会社が左前になって家賃が払えなくなったら、滋郎さんだって家賃が払えなくなるでしょう。大家が取り立てようとしても、こっちが先に金がないんだから」

ははははは、と大声で笑った。

「だけど、大家はそれでもいい、形だけだからと言ってね。あれもおもしろい男だよね。すっかり、滋郎さんのファンになっちゃって。どうしても自分の店子にしたかったんだろうよ」

「ありがとうございます」

そうお礼を言うと、あんたの兄さんはいい人でしたよ、寂しいね、とつぶやいた。

それから、時々、こうして出勤前や、暇な時間に降りてきて、あたしとおしゃべりするようになった。

まあ、こちらも暇をかこっているし、社長は今の世相にも明るく、話の尽きない人だからありがたい。

「……あれだね、最近の若いのが考えていることはよくわからないね」

熱い茶を一口すするとぽつりとそんなことを言った。愚痴をこぼすのはめずらしい。

「そうですか、あたしは最近の若い人はいい子が多いなあと思いますけど」

社長にしてはありきたりのことを言う、とおかしくもあった。

「そうだよいい子だよ。ここの美希喜ちゃんとかさ、文句なしにいい子だよね。あの子に関しては私もまったく異論はないんだが」

社長は黒い湯飲みをじっと見た。それは兄が、五つ揃えて置いていたものだった。

「うちみたいな会社に来てくれて、給料は安いのによく働いてくれてありがたいよ。だけど、今ひとつ、何を考えているのかわからない」

主語がないから誰のことか想像するほかないが、きっと若い社員のことなんだろう。

辻堂出版はこのビルの二階三階を使っていて、十人程度の社員がいる。翻訳小説の他に、英文学の研究書なんかも出版しているらしい。

やはり、社員は本好きな人が多くて、うちにも時々寄ってくれるから、何人かの顔は覚えていた。

「社長さんの会社の人を全員知っているわけではないけど、気持ちのいい人ばかりじゃないですか」

「いや、きっと珊瑚さんは知らないと思う。あまり、本は買わない男だから……」

「あら、編集者さんなのに、本を読まないんですか」

「いや、読まないんじゃないんだ。買わないんだ。それに彼は編集者じゃなくて、営業をやってもらってる。だけど、読書家で私なんかが読んだことがない経済書なんかをよく読んでるんだ。ただ、ほとんど図書館で借りているらしい」

「ああ」

「もちろん、出版社の人間が図書館で本を借りたら悪いわけではないよ。図書館が悪いわけでもない。私も若い頃はどれだけ図書館で本を読んだか……それに、今、うちから出している本もかなりの数は図書館が買い上げてくれている。それがなかったら、たぶんやっていけない。図書館様々だ。それに、社員が社外でどんな本を読もうと、買わなかろうと問題はないし、まあかまわないんだが」

「はい」

「しかも、嫌な人間だったり、悪い男だったりするわけじゃないんだ。いつもにこにこして優しいし、さわやかだし、よく働いてくれるし、人の悪口は言わないし……入社してくれた時はこれはいい人間が来てくれたって嬉しかったんだが」

「社長さんはその人のどこが気に入らないんです」

「それが私にもよくわからないんだ」

あっはははは、とまた豪快に笑った。

笑った後に、何も言わず、しばらく考えていた。そして、茶を飲み終わる頃にやっと口を開いた。

「……何かあいつと対峙《たいじ》していると、こっちが落ち着かない気分になるんだ。そわそわするっていうか」

「社長さんをそわそわさせるって、そりゃ、ずいぶんな大物ですね」

思わず、混ぜっ返してしまったけど、彼はめずらしくにこりともしない。

「なんというか……たぶん、世の中をすべてわかっているると思っているんだな」

「世の中を？」

「世界中をわかっていて、もう、人生はつまらない、と思ってる。そんな気がする」

「はあ」

「でも、いや、お前、世界って広いもんだぞ、まだわからないことがいろいろあるんだぞ、ってそれとなく言っても、のれんに腕押しでにこにこ笑うだけ。たぶん、私があいつを『世界をわかった気になっている』と思っていることもわかっていて、そして、年寄りにどう思われようが別に気にしないと思っている。さらに私がそういう印象を彼に対して抱いていることも、きっとわかってる」

　あたしは気がつくと、上目遣いになって、「わからない、ということをわかっている……と思っていることをわかっている？　ん？　複雑ですね」とつぶやいていた。

「とにかく、なんでもお見通しだと思っているようなんだが、あいつはたぶん、世界の一パーセントのこともわかっちゃいない。だけど、それを言っても、信じやしないんだから。むなしいし、なんだか、悲しい」

「悲しいんですか」

「だって、人生がつまらないなんて、かわいそうじゃないか」

　社長はやたら豪快な人に見えるし、時には、人の内側にずかずか入ってきて無作法にも見えるけど、本当は優しい人なんだ、と思った。

「歳はいくつくらいなんです？」

「さあ、三十くらいじゃないか」

「社長が三十くらいの時はどうしていらっしゃいましたか」

「……そりゃ、別の出版社で働いていたよ。この近くのさ。雑誌や本を作ってたんだ」

社長はすぐ近くの、超大手出版社の名前を挙げた。

「一冊でも多くの本を読みたいし、売りたいし、出したいし。まあ、本もよく売れた時代だったし」

「まあねえ、景気もよかったですしね」

「だけど、四十近くになって、もう少し、一冊一冊の本に丁寧に向き合いながら作りたいと思って、独立することを考え始めたんだ」

「なるほどね」

「最初はここの三階だけ。当時は二階には法律事務所が入っててね。そこで二人の社員を雇って三人で始めたんだ。今と違って部屋が広く感じられてねえ。借りた部屋が大きすぎたかと何度も後悔したよ。会社が軌道に乗った頃、滋郎さんがひょこっと三階に上がってきて、二階の部屋も空くから使いませんか、って言ってくれたんだ。法律事務所の先生の息子も弁護士になって手狭だから八重洲《やえす》のビルに移ったんだよ。だけど、なんか、滋郎さんがタイミングを計って私の背中を押してくれたみたいな感じだった。こっちも思い切って、社員を増やして……あの頃が一番楽しかったな」

「このビルとともに会社も変わっていったんですね」

「そう。滋郎さんも旅先でいい本を見つけると、社長、これ翻訳して出しませんかって買ってきたりしてくれて……それがベストセラーになったこともあったよ。お礼をしようとしても、『私の英語力じゃ読み切れないから、翻訳してもらったんですよ。こっちが得した』って言ってね。欲のない人だったな」

「そんなことがあったんですか」

「珊瑚さんはどうしてた？　三十くらいの時」

「さあねえ、どうでしたか。特に何も……帯広で両親と一緒に住んで、アルバイトしたり、友達と遊んだり、本を読んだり……そう考えると、あたしの人生、あまり楽しそうじゃないですね」

「いや、珊瑚さん、あんた、若い頃はモテたろ」

社長は好奇心いっぱいの目で尋ねる。

いえいえ、と否定しようとしていたのに、ふっと逆の言葉が口をついた。

「……若い頃だけだとどうして思うんですか」

東山《ひがしやま》さんの顔がちらっと脳裏をよぎる。

「こりゃ、やられたよ」

ははは、と笑いながら立ち上がった。

「珊瑚さんと話していたら、仕事にならんな。そろそろ行かないと」

褒められているのかけなされているのか、わからないことを言う。

「ああ、そうだ」

行きかけていた社長が戻ってきた。

「……あいつに何か本を選んでやってくれないか」

「あいつ？　本？」

「この店にある本で……何かおもしろいやつ。あいつが読んでいなそうなもの」

慌てて、顔の前で手を振った。

「そんな、とてもとても。若い方に薦められる本なんて、あたしにはわかりませんよ」

「いやいや、珊瑚さんは立派な読書家だよ。私が読んでないもの、たくさん知ってるじゃないか」

「めっそうもない」

「あとで、ここに挨拶に来させるよ。そしたらそれを渡してやってくれ。花村《はなむら》っていう男だ。なんでもいい、適当な理由をつけて。金はあとで私が払うから」

「えー、本当にわかりませんって」

強く断ったのだけど、社長は「あんたなら信用できるから」と言い張る。

そして、なんでもいいから、と言いながら「あいつの頭をどかんとかち割るような一冊を選んでくれ」ととんでもなくむずかしい注文をして出て行った。


私が鷹島古書店に入っていくと、珊瑚さんが頬《ほお》に手を当てて何か考えているところだった。

「珊瑚さん、こんにちは」

声をかけると、ぱあっと顔を輝かせた。喜ばれて悪い気はしない。こういうところが珊瑚さんのかわいいところだろう。

「美希喜ちゃん、来てくれたのね、ありがとう」

「はい」

私はレジ横に、ボンディのカレーを置いた。

「ありがとう、いい匂い」

「店がカレー臭くなっちゃいますね」

「まあ、いいわよ。どうせお客さん来ないんだし」

珊瑚さんは嬉しそうに、手提げの袋をのぞく。

「もう食べますか」

「いいえ、まだいいわ。バックヤードに置いておきましょう。お茶を淹れましょうか」

「ありがとうございます」

バックヤードなんて言葉をいつ覚えたんだろう。東京に来た珊瑚さんは日々進化している。

「今日はコーヒーでも飲みましょうか」

「いいですね。ここでコーヒー淹れられるんですか」

「兄が使っていたプレス式のコーヒーメーカーがあるんだけど、まだ使いこなせないのよ。美希喜ちゃん、悪いんだけど、隣のブックエンドカフェでコーヒー二つ、買ってきてくれる？　そう言えばわかると思う。お代はツケにしてもらって、月一で払うことになっているから。あたしの分はこれに入れてもらって」

珊瑚さんが差し出したマグを受け取って、私は隣に行った。

「いらっしゃいませ」

客はお爺さんが二人だけ、という店で、店主の美波さんは奥のカウンターの中に立っていた。

「あの、隣の鷹島古書店のものですがコーヒー二つ……」

「あ、もしかして、珊瑚さんの？」

「はい、親戚《しんせき》の鷹島美希喜です」

「珊瑚さんからよくお話聞いていたんですよ。はじめまして、ですよね」

「はい。大叔母がいつもお世話になっています」

「とんでもない、こちらこそ」

お互いに頭を下げた。

「コーヒーと言えばわかるようになっていると言われているんですが」

「珊瑚さんには、いつも神保町ブレンドをお淹れしてるんですけど、美希喜さんは何かお好みありますか」

「うーん。コーヒーのことはあまり知らなくて……でも、最近、流行《はや》ってる、フルーティというか酸味があるタイプ？　あれが好きです」

「じゃあ、初春ブレンドにしますか。今、季節限定で出しているんですけど、さくらんぼみたいな果実味のある味わいにしています」

「あ、それお願いします」

「次に来た時、あれでは酸っぱすぎるとか、濃すぎるとか、お好みを教えてくださいね」

美波さんがコーヒーを淹れている間、店の中を見回すと窓際の棚のところに漱石《そうせき》と芥川《あくたがわ》の古い本が立てかけてあった。つい手に取る。どちらも初版本の様相をしているが、奥付を見るともちろん復刻版だった。だけど、昭和四十四年のものだから、いい感じに古びていて店にしっくりなじんでいる。

「……それ、滋郎さんがくださったんですよ」

後ろから美波さんに言われた。

「え」

「復刻版っていうんですか。大量に出回ったものだし、ちょっと汚れているからたいした値がつかないんだよ、よかったら店の飾りにでもつかったらどう？　古本屋の街のカフェなんだからこういうものがあってもいいだろうって」

「そうだったんですか」

「手に取ってくださるお客様も多くて、店のカンバセーションピースになっています」

カンバセーションピース、のところが発音が良くて、帰国子女なのかな、と思った。

「『カンバセイション・ピース』って小説があります」

「そうなんですか。知りませんでした」

「控えめに言って、最高です」

「美希喜さんは古本屋を手伝うだけあって、よく本を読んでいるんですね」

「いえ、普通です」

「そう言えば、昔、滋郎さんに聞かれたことがありました」

美波さんはコーヒーを淹れながら言った。

「クリスティで一番好きな本は何かって」

「へえ」

「どうですか、美希喜さんならどう答えますか」

「作品全体だとミス・マープルのシリーズが好きです。『ポケットにライ麦を』とか。殺人が出てこない作品なら『春にして君を離れ』、あと、『茶色の服の男』も好きです。アイスクリームソーダが出てくるので。どんでん返しを期待するなら『検察側の証人』」

美波さんは、ふふふ、と笑った。

「あ。あと、ポアロの『カーテン』も捨てがたいですね。悲しい話だけど、あの手の話をあの時代に書いたということがすごい」

「クリスティ、全部読んでいるんですか」

「まあ、ほとんどは」

「滋郎さん、言ってました。クリスティの何が好きかって聞いたら、その人の性格がだいたいわかるって」

「え。じゃあ、私の性格もわかりますか？」

「いいえ。私には、美希喜さんがよく本を読んでる人だということしかわかりません。『そして誰もいなくなった』しか読んでないから」

思わず、声を合わせて笑ってしまった。

ふっと、店内の老人たちの声が聞こえないことに気付いて振り返った。すると、二人とも興味津々の顔でこちらを見ている。

「……もしかして、隣の鷹島古書店の子かい？」

一人の老人がにこにこしながら声をかけてきた。

「あ、はい」

「滋郎さんとはどういう関係？」

「鷹島滋郎は大叔父です」

「じゃあ、珊瑚さんの……」

「珊瑚は大叔母です」

「へえ、お姉さん、お名前は？」

「鷹島美希喜と言います」

「おじさんたちもよく鷹島さんと飲んだりしたんだよ」

話し掛けてくるおじさんはツイードのジャケットを着ていた。向かいに座って、私たちの話を微笑みながら聞いているおじさんは紺色のジャンパーにデニムをはいている。二人とも中折れ帽とハンチングを、それぞれの席の隣に置いていた。

おじさんがデニム？　と一瞬思った。でも、その人にはよく似合っていたし、若い頃はさぞや美男子だっただろうと思える容姿で、不思議とスーツを着ているのと同じくらい、しゃっきりしていた。

「滋郎さんの親戚なら、私らの親戚も同然だよ。わからないことがあったら、なんでも聞くんだよ。普段、午後はだいたいこの店にいるから」

いつもここにいるってなんの商売なんだろう。古本屋の店主でもなさそうだ。

「ありがとうございます」

やっとコーヒーができあがったので、私はそれを受け取ってそそくさと帰った。

店に戻ってコーヒーを渡しながら、ブックエンドカフェの二人組のことを話すと、「あたしも同じこと言われたわ」と珊瑚さんは笑った。

「話したことあるんですか」

「まだ、ちゃんとはないけど、そのうち、一回はじっくり話さないとねえ。誘われてるから」

「大丈夫？　嫌だったら、無理に行かなくてもいいんじゃない？」

「ううん。そんな嫌じゃない。兄のことも聞きたいしね」

「滋郎さんのこと？」

「兄はあたしにも両親にも手紙をよくくれたけど、会うのは何年かに一度だったしね。晩年の兄のこと、あたしはよく知らないのよ」

「そう」

「仕事のこともほとんど聞いたことないし……ねえ、それで思い出したけど、滋郎兄には恋人とかいたかしら。美希喜ちゃんは知ってる？」

「恋人！　さあ。考えたこともありませんでした」

「ふふふ。そうよねえ。若い人はあたしたちくらいの老人が異性と付き合ったりするとは思わないものねえ」

「いや、そういうわけでは」

「あたしだって、昔はそうだったもの」

「でも、どうして急にそんなことを考えたんですか」

「今、兄が住んでいた高円寺の家に住んでいるでしょう。兄はほとんど料理はしなかったみたいなんだけど、棚にみりんとナンプラーがあったのよね。それもそう古くない感じの。ああいうものは女性がいないとなかなか使わないいんじゃないかって」

「珊瑚さん、探偵みたい」

思わず笑ってしまう。

「だけど、別に女性にかぎらないんじゃないですか。滋郎さんはよくアジアにも旅行とか行ってたし、ナンプラーくらい自分で買ったのかも」

「でも、みりんは？」

「みりんくらい使うでしょ。男でも」

「どうかしらねえ。うちの父は死ぬまで、みりんなんて知らなかったんじゃないかと思うわ」

「滋郎さんは一人暮らし長いし」

「あたしは決して、兄に恋人がいなかったほうがいいというわけじゃないの。いえ、むしろ、誰かいい人がいたなら、嬉しいなって思ってるんだけど。一人きりで死んでいったと考えるよりも」

私はそれで真剣に考えてみた。

「そういうことを話してはいないけど、でも、いてもおかしくないですよね、滋郎さんなら。かっこよかったし、皆に好かれてたし」

「そうね」

「逆に言えば、恋人がいてもいなくても、きっと寂しいことはなかったんじゃないですか」

「確かにそれもあるわねえ」

「珊瑚さんや親には今まで一度も話したことがないんですか。恋人のこととか」

「ないのよねえ。兄はあたしに気兼ねしてたのかもね」

「気を遣ってたってことですか」

「うん。ほら、あたしが一人で親と住んでいたでしょう。だから、遠慮して女性や恋愛のことを話せなかったんじゃないかなあ」

珊瑚さんは遠くを見ていた。

そんなことないですよ、と私が言う前に、「それだけが心残りよ」と珊瑚さんがつぶやいた。

「そんなこと、気にしなくてよかったのに。というか、あたしが『気にしないで』って先に察して言うべきだった」

珊瑚さんは深くため息をついた。

「滋郎さん、幸せでないと言い切るには素敵すぎましたよ」

私は思わず、言った。

「ありがとう」

その時、引き戸が開いて、若い男が入ってきた。

📖 📖 📖

入ってきたのは、想像していたのとは少し違う若者だった。社長の言葉からイメージしていたのは線の細いイケメンだったけど、実際は眉《まゆ》が黒々と濃くて、全体のバランスを少し崩している。だけど、そのおかげで、何か強い意志のようなものを感じさせた。

まっすぐこちらに進んでくると、「辻堂からこちらにご挨拶に伺うように言われたんですが。花村です」と言った。

「ああ、こちらこそ、お世話になります。鷹島古書店の鷹島珊瑚です」

あたしは立ち上がって、深々と頭を下げた。

「ご挨拶遅くなってすみません。僕は前からこちらには出入りしていなかったもので、うっかりしていました」

「いえ、お気遣いいただいて、すみません」

「辻堂からこちらにお邪魔して、いろいろ勉強させてもらえ、と言われました。よろしくお願いします」

確かに、辻堂さんが言うように素直で真面目な人なのだろうと思った。老人に言われてすぐに来てくれるなんて。一方で、本心から「勉強したい」と思っているわけではないようだな、と思った。なぜなら、それだけ言うと、あとは何を話したらいいのかわからない様子でもじもじしたからだ。

「こちらはあたしの甥《おい》の娘で、鷹島美希喜と言います。あたしがいない時には店番することもあると思うので、お見知りおきください」

横にいた美希喜ちゃんのことも紹介した。

「ああ」

若い二人はぎこちなく頭を下げあった。

「ああ、そうだ。失礼しました」

彼はスーツのポケットをごそごそと探ると、名刺入れを出してあたしと美希喜ちゃんに一枚ずつくれた。

――花村建文。

「花村たけふみさん？」

「はい。だけど、けんぶん、て呼んでください」

「あら……」

「皆に、けんぶん、けんぶんって呼び捨てにされてますからそう呼んでください」

あたしは彼の名前をじっと見たあと、名刺から顔を上げた。

「建文《けんぶん》さんは読書家だって社長からお聞きしたけど、どんな本をお読みになるの？」

「あ、あの……」

彼は目を泳がせ、あたしの横や上にある本棚を見回した。ここは古書店だ。当たり前だけど、本がたくさんある。

だけど、今、あたしや美希喜ちゃんがいるところ……鷹島古書店の心臓部分と言ってもいい、奥の方の本棚はほとんど稀少本《きしようぼん》や絶版になった研究書、骨董《こっとう》価値が出てきている江戸や明治の文献ばかりで、彼が読んでいるような本はないのだろう。入ってきた時、多少は目の中にあった関心や好奇心が、彼から急速に失われていくのが見えた。

彼は小さくため息をつき、そして、笑顔を作った。何かこう、当たり障りのないことを言うための笑顔を。

「……いろいろ読みますね」

表情とは逆に、彼の心のシャッターがしゃーっと閉じていくのをあたしは感じた。

本は読む、だけど、きっとその書名を口にしても、この人たちにはわかるまい、そんな気持ちが「いろいろ」という言葉だけで伝わってきた。

「いろいろ……」

「ええ、まあ。それでは……」

彼がきびすを返そうとした時だった。

「いろいろってなんですか。例えば」

美希喜ちゃんのぴしっとした声が響いた。

「え」

「いろいろって例えばなんですか。小説ですか？　実用書ですか？　経済？　社会学？」

「いえ、だから……」

「哲学宗教、歴史伝記地理、社会科学、自然科学、技術工学家政学、産業交通通信、芸術スポーツ、言語、そして、文学」

美希喜ちゃんは建文さんを見つめながら並べた。それは本の分類法だとあたしも途中から気づいた。

「本というだけで、ざっとこれだけあるんですよ。この中のどれかには当てはまりますよね。もっと詳しく言うと……」

「美希喜ちゃん」

あたしは彼女の服をそっと引っ張った。普段彼女は、あたしとお客さんが話をしている時、ほとんど口をはさまないのにめずらしいことだった。

「図書の十進分類法ですね。僕だって出版社に勤めていますから、そのくらいはわかります」

「いえ、だから、なんの本を読んでいるんですかってお聞きしているんです」

美希喜ちゃんはにこりともしないで言った。

「いろいろなんて、木で鼻をくくったような返事じゃないですか。なんか、馬鹿にされているみたい」

彼は困ったように、あたしと美希喜ちゃんの顔を交互に見た。申し訳なく思ったが、あたしも彼女と同じように感じていたから、どこか痛快でもあった。

「もし、失礼があったらすみません」

彼は素直に頭を下げる。

「ただ、あの……ここにある本があまりにも僕がいつも読んでいるような本とは違いすぎて、なんだか気後れしちゃって」

一度閉まったシャッターがほんの少し上がった気がした。

彼がどこか取り澄ました表情で「いろいろ読みます」と言ったのは、決して、あたしたちを話ができない人間として排除しようとしたわけではなくて、むしろ、古本に萎縮《いしゅく》した結果なのかもしれなかった。

美希喜ちゃんは小さく息を吐いた。それと一緒に肩が少し下がった。

「いろいろというのは、主に経済書とか、自己啓発本とか、株式投資とか……」

「あー、あれですね。本屋に入るとすぐのところに山積みになっている、『貯金十万が株式投資でみるみるうちに一億に！』とかいう、あの手の本ですね！」

「ほら。さっきは馬鹿にされた、とか言っていたのに、あなたこそ、そう言って馬鹿にする」

今度は彼の方が少し好戦的に、美希喜ちゃんを指さした。

「だから嫌なんですよ。皆さんみたいな、読書家の人に本の話するの。うちの会社の人もそうだけど、文芸とか研究書以外の本を読むやつは資本主義に魂を売ったダメ人間、邪道だと思ってる」

「馬鹿になんてしていませんよ。私はただ」

「確かに今のは美希喜ちゃんが悪いわよ。あたしはどんな本にも学びがあると思う」

「僕はファイヤーがしたいんです」

言ってしまってから、彼ははっとして口に手を当てた。

「ああ、これ、誰にも言ったことがないのに」

なんで、言っちゃったんだろうとうつむく。

「ファイヤー？　ファイヤーってなんですか。火事ですか」

美希喜ちゃんは興味津々で尋ねた。

「違います。いや、ちょっと同じだけど、ファイヤーというのはまさに火事のファイヤー、F、I、R、E。ファイナンシャル・インディペンデンスとリタイア・アーリーの略で、経済的自立と早期退職を意味します。つまりお金を貯めたり、効果的な投資をしたりすることで、経済的に自立し、早めに退職してのんびり暮らすことを指します」

あたしと美希喜ちゃんは顔を見合わせた。

「珊瑚さん、知ってた？」

「いえ、初めて聞いた」

「それで、僕はお金を貯めると同時に、投資の勉強もして、なんとか三十代の間にＦＩＲＥすることを目論《もくろ》んでいるわけです」

「なるほど」

だから、本を買わずに図書館で借りて、お金を貯めているわけだ、と思った。

「ありがたいことに、幸い、最近の株高のおかげで、かなり、目標に近づいてきました」

「それは良かった」

しかし、なんで話しちゃったのかなあ、と彼はつぶやいた。

「親にも会社の人にも話したことがないんです、この気持ち。だから、絶対に誰にも言わないでください」

「はい」

「なんというか……お二人がそういうこととはまったくかけ離れた存在だったから口が滑ったんですね」

かけ離れてるのか、あたしたち、とあたしと美希喜ちゃんは目で話す。

でも、とあたしは心の中で思う。今聞いた話だと、滋郎兄がまさにそのふぁいやーとやらなんじゃないだろうか。退職はしてなかったものの、完全に経済的に自立して、のんびり好きなことをしていたのだから。

「……それで、もしも、そのお金が貯まって、ファイヤーですか、できたらどうするんですか」と美希喜ちゃんが尋ねた。

「どうする？」

「つまり、仕事をする必要がなくなったら、何をして毎日過ごすんですか」

その時、わずかに、ごくごくわずかだが、彼の太い黒眉が微妙に動いた。眉のあたりにもやがかかったような感じだった。

「……そうですねえ。たぶん、緑の多い、空気のいいところに住んで、毎日、好きな本を読んで、少し畑でも作って、犬を飼って、のんびり暮らしたいですねえ」

「畑が好きなの?」

あたしは思わず、尋ねてしまった。

「え?」

「あなたがやりたいことって畑なの? 結局。だって、緑の多い、空気のいいところに住みたいなら、いまだって、少し郊外に住めばかなうでしょ。ちょっと時間はかかるけど、通勤できなくもない。辻堂出版はそんなにブラックじゃないし」

「犬も飼えるし」と美希喜ちゃんが言葉を重ねた。

「まあそうですけど」

「本は今でも読んでるでしょ。仕事柄いくらでも読めるじゃない」

「はあ」

「私、こんな話を聞いたことある」と美希喜ちゃんが何かを思いついたように話し出した。

「ある田舎の港街に漁師さんが住んでいた。彼はたくさん魚を釣って、家族に食べさせ、人に売ったりしていた。そこに都会の起業家がやってきて、会社を作って、あなたの魚の捕り方を人々に教え、フランチャイズ化しませんか、と言った」

いったい、急に何を話し出したのだろう、とあたしは美希喜ちゃんの顔を見つめた。しかし、彼女はほとんど無表情だった。

「漁師さんが尋ねた。『そうするとどうなるんだい？』すると起業家が『お金がいっぱい稼げます』『金がいっぱい稼げるとどうなるんだい？』『働かずに暮らせます』『働かずに何をするんだい？』『景色のいいところに家でも買って、毎日、魚でも釣ってのんびり暮らしたらどうですか？』漁師は答えた。『それなら今でもやってることだね』」

「なるほど」

彼は今度は「馬鹿にしてる」とは言わず、じっと考えこんだ。

「ごめんなさい」

美希喜ちゃんが思わず謝るほど、彼の沈黙は長かった。

「別に、建文さんの考えを否定したいわけじゃなかったんです。私もちょっといいなと思います。お金がたくさんあれば、のんびり暮らすって夢ですよね。私はまだ就職もしていないから、サラリーマンの人のつらさなんてわからないけど」

「いえ……確かに……最近、ちょっと迷いもあったんです。最初、ファイヤーを知った時にはすごく嬉しかったんです。毎日の仕事にちょっと飽きてきて、通勤もつらいし……まあうちの会社は始業時間が少し遅めなので普通の会社員の人よりは楽ですが、それでも朝起きるのがつらくて。だから、節約したり、投資したりして、貯金がだんだんに増えていくのが楽しくて楽しくて。でも、少しずつ目標に近づいた今、ちょっとなんだか……その世の中のことがすべて無意味に見えてきちゃって。自分の資産以外は。人を見ても、この人、ファイヤーも知らないし、今後も知ることもなくてあくせく働くんだな、かわいそうな人だなって目でしか見れない。一方で、そんな自分の人生が輝いているわけでもなくて……なんだか、同じかそれ以上に、つまらない無意味なものに見えてきちゃって。だから、美希喜さんの言葉がよけい、ガツンときました」

あたしは二人を置いて、後ろの部屋に入り、一冊の本を探してきて、彼に渡した。

「はい」

「なんですか」

彼はじっと本を見る。この本は残念ながらカバーがないし、見返しも少し汚れている。だから、滋郎兄も売るのを躊躇《ちゅうちょ》していたのか、値段もつけずに奥の本棚に差し込んであった。

「本多《ほんだ》勝一《かついち》さんの『極限の民族』っていう本よ。もう品切れだと思うんだけどね。カナダ・エスキモー、ニューギニア高地人、アラビア遊牧民の家族に入り込んで、一緒に住み、同じものを食べて過ごした記録。まずは最初のカナダ・エスキモーのところだけでも読んでみて」

彼の話を聞いて、この本を急に思い出したのだった。

「エスキモー……」

彼はぱらぱらとめくった。いくつかの白黒写真に目を留めている。

「それは、捕ったばかりのカリブーの生の腸を吸い込みながら食べている写真よ。彼らはカリブーやセイウチ、アザラシなんかを狩って、生のまま食べる。固く凍った雪で出来た家に家族全員が素っ裸で寝ている。白夜で何日も太陽が沈まない季節も、逆に何日も太陽が昇ってこない季節もあるから、朝や昼、夜の概念がない。大人も子供も好きな時間に寝て、好きな時に起き、お腹が空《す》いた時に食べるだけ」

「へえ」

「たぶん、あまりにも自分たちと違う人の生活や生き方がこの世にあるんだ、って驚くと思う」

「……ありがとうございます。これ、おいくらですか」

「差し上げますよ。お近づきの印に」

あたしは本当にその気になっていた。社長からあとでお金をもらうのもやめて、本当にこの若者にこの本をあげたいと思った。

「ありがとうございます」

彼は深々と頭を下げた。

「いいなあ」美希喜ちゃんがつぶやいた。「そんな面白い本があるなら、私も読みたかった」

建文さんは顔を上げた。

「お貸ししますよ。僕が読んだあとに」

「……じゃあ、お願いします」

「あの……もう一つお聞きしていいですか」

「はい」

「今、カレーの匂いしますよね」

「あ」

美希喜ちゃんが声を上げた。

「ごめんなさい。今、珊瑚さんのお昼に買ってきたところだったの」

「もしかして、この匂い、ボンディのビーフカレーですか」

「そう。よくわかりますね」

「僕、好きなんです、カレー。中でもボンディのカレーが一番好きで……あそこは特別な店ですから。でも高いでしょ。もう何年も食べてなかった。お金を貯めるために。今日は久しぶりに食べに行こうかな」

彼はつぶやいた。そしたら、もう少し、人生が楽しくなるかも、と。

「お昼、もう食べたんですか」

「いえ、まだです。これから行くところで、その前にこの店に寄ったんです」

美希喜ちゃんがあたしの方を探るように見た。

「……珊瑚さん、あの。これ、建文さんにあげたらだめ？　あとで、珊瑚さんの分はもう一度買ってくるから」

「あたしはかまわないわ。だって、美希喜ちゃんが買ってきてくれたものだもの」

「じゃあ、よかったらどうぞ」

彼はとても遠慮していたが、強く勧めると、カレーの匂いにあらがえなかったのか、そのテーブルに腰掛けた。

「僕、明日同じものを買って、必ず珊瑚さんにお持ちしますから。本のお礼もしたいし」

カレーの容器を開けると香りがさらに強くなり、彼は饒舌《じょうぜつ》になった。

「これ、中辛ですよね。ボンディって普通の店の中辛より、少し辛い気がしませんか。というか、スパイスをきっちり使ってるから辛く感じるんですかね。でも、野菜の甘みがすごいからぜんぜん辛くないんです……あれ、僕、かなり矛盾したことを言ってますよね。でも、本当にそういう味だからしかたない。それから、このご飯の上にのった、ほんの少しのチーズがまたいい。カレーの味にアクセントをつけてくれる。それに、このジャガイモ二個。僕、一個はカレーの前にバターをたっぷりつけて食べて、二個目はカレーに入れるんです」

食べる前にそこまで語って、スプーンを取ると、一口頬張った。そして、はあっと息を吐いた。

「……おいしい。本当においしい。やっぱり、日本一の味だ」

彼の表情は言葉以上にそれを表していた。瞳《ひとみ》が少しうるんで、きらきらと輝いていた。

一口ごとに、ため息のような声をもらした。

「こんなおいしいものがあることを、僕は忘れていたんだな」

彼は米を丁寧に一粒一粒、すくい上げるようにして食べた。カレーをすべて平らげると、

「明日、必ず、買ってお返しします」と頭を下げて帰って行った。

「けんぶんってあなたと同じね」

彼が店の引き戸を閉めた時、あたしは思わず言った。

「同じってあの人と?」美希喜ちゃんは顔をしかめた。「私の何がですか」

「あら、気がつかなかったの?」

あたしは思わず言った。

「名前。建文、東方見聞録のけんぶん。つまり、あなたの名前と同じ意味じゃない」

「はあ?」

「みききと見聞、同じ意味でしょ」

「ああ、まあね」

美希喜ちゃんは肩をすくめた。

「でも、あんなのと一緒にしないでくださいよ！」

その言葉ほどには表情が険しくなく、どこか楽しげなのに、あたしは気がついていた。

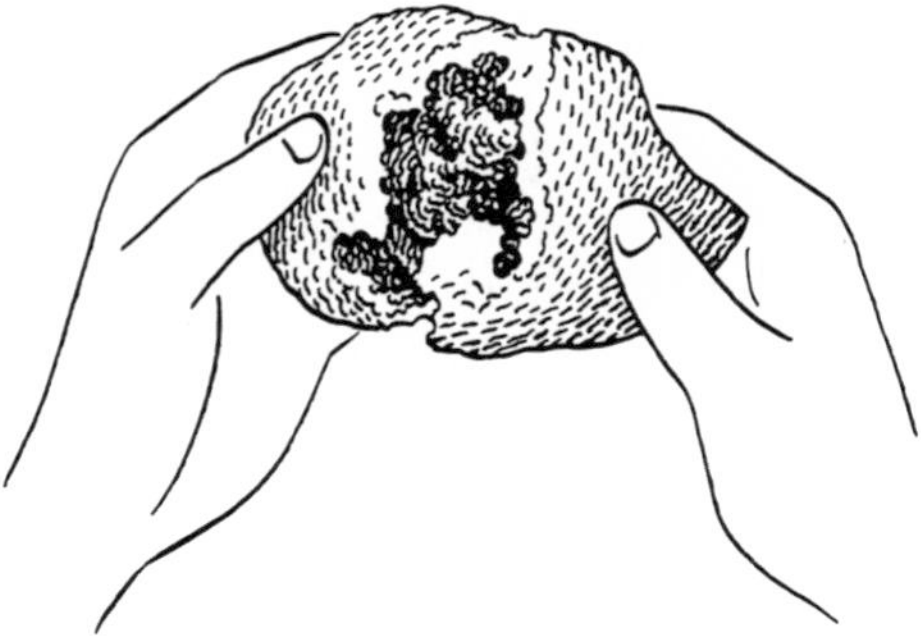

第三話

『十七歳の地図』

橋口譲二著と揚げたてピロシキ

私は『街の古本屋入門』を読みながら、「鷹島《たかしま》古書店」で店番をしていた。

この本は隣の「汐留《しおどめ》書店」の沼田《ぬまた》さんから貸してもらった。

店主の大叔母、珊瑚《さんご》さんは外出している。古書を扱う上で絶対必要な資格、「古物商許可」の申請をしに警察署に行くためだ。

珊瑚さんは古書店を引き継ぐに当たって許可の取り直しが必要なことを知らず、月末、帳簿の確認のために訪ねてきた税理士の先生に指摘されて初めて気がついた。ありがたいことに、先生が申請書の作成を手伝ってくれたので、ただ提出するだけらしい。でも、大丈夫だろうか、と、先ほどから頭の端でちらちらと気になっている。

最初にその話を聞いた時、珊瑚さんがあまりにも取り乱したので、私もびっくりしてしまった。

「美希喜《みきき》ちゃん、どうしよう、どうしましょう！」

深夜、パニクった電話がかかってきた。

「あたし、法律違反をしていたのかもしれないわ」

彼女の動揺は何よりも、法を犯してしまったことへの罪悪感らしかった。

「逮捕されることもあるんだって！」

私は珊瑚さんの税理士さんからの受け売りらしい話をふんふんと聞いて、「でも、古書の買い取りとかを大量にするまでは大丈夫なんですよね？」とか「今すぐ、逮捕されるようなことはないでしょうから」とか「盗品を買ったりしなければ大丈夫じゃないですか」などと言って彼女を慰めた。

そして、つい「よかったら、私が取りましょうか？　その許可」と言ってしまった。

「え。なんで？」

そう聞かれて初めて、私も戸惑った。

なんで、私が「古物商許可」を取らなければならないんだろう。

「……なんでって……お店に一つあればいいんでしょ。だったら私が取って……いや、私が取った方が早いし……いろいろ」

なんだか、しどろもどろになった。

「それは大丈夫よ。先生が申請書も作るの手伝ってくださるって言ってたし」

税理士の先生にはまだお会いしたことがないのだが、大叔父の遺言書の作成から、古物商許可申請まで、なんでも手伝ってくれるらしい。

そんなわけで、今日は私が学校を休んで、午前十一時から店に座っている。

平日の午前中なんて、ほとんど人は来ないから、時々眠くなってしまう。

でもありがたいことに、最初は隣のブックエンドカフェの美波《みなみ》さん、次は上の「辻堂出《つじどう》版」の辻堂社長、そして、沼田さん……など、ご近所の人が次から次へとやってきて声をかけてくれた。

沼田さんは「古物商許可を知らなかったの?!」と驚き、「これを読んだ方がいい」と『街の古本屋入門』を持ってきてくれたのだった。「この本は古本屋の教科書のような、古典的名著だからね」と言いながら。

でも、昼過ぎになると、またぴたりと人が来なくなり、『街の古本屋入門』もざっくり読み終わったので、私は大学の図書館で借りてきて最近読んでいる『讃岐典侍日記《さぬきのすけにっき》』を読むことにした。

『讃岐典侍日記』は堀河《ほりかわ》天皇に仕え、愛人でもあった讃岐典侍が、彼が病にかかって亡くなる様子からその後に即位した鳥羽《とば》天皇に乳母《めのと》として仕える様子までを事細かに描いた日記だ。

大学の授業ではわずかに触れたことしかなく、先日図書館に行った際、目に付いたのでざっと目を通しておこうという程度の気持ちで手に取った。しかし、堀河天皇が重い病にかかり、どんどん病状が悪化していく様子が切迫感のある筆致で描かれているのが興味深く、つい引き込まれてしまう。

――あまり護摩《ごま》こそおびただしくさぶらへと申したまへば、こはいかに言ふぞ、かばかりになりたることをば、と仰せらるれば、御直衣《おんのうし》の袖《そで》を顔におしあてて立ちたまひぬ。

（堀河天皇が護摩を今夜のうちにも行ってください、というのを関白が聞いて）「それはいくらなんでも大げさです」と申し上げると、「何を言うか、これほど重体になっているのに」と帝《みかど》は仰《おっしゃ》って、関白も着物の袖を顔に押し当てて泣きながら退出した。

この一文は堀河天皇が病になってすぐの頃《ころ》の話だ。寺での護摩を父の白河院《しらかわいん》に「お願いしたい」ということがどういう意味なのか。その後にこの「護摩」をめぐる一連の天皇の言葉が自らの葬儀についてのことであり、それを受けた白河院が「それはこれまでも考えていたけれど、まだ東宮が幼いので今まで引き延ばしにしていたのだ」と答えることで、死期を悟った天皇が、東宮への譲位を少しでも早くとうながしているということがわかる。

まるで私自身も、天皇重体の枕元《まくらもと》にいるような気持ちにさせられた。先の「平成」から「令和」へのご譲位のことも思い出されて、御位《みくらい》に対する責任感は、今も昔も変わらないのだ、としみじみとした気持ちが胸にあふれた。

一方、この死の床には、堀河天皇の本妻、中宮もそばにおり、天皇がお気に入りの愛人、讃岐典侍を側《そば》に侍《はべ》らせているのを見る本妻の気持ちはどんなものだったのだろうと、考えずにいられなかった。堀河天皇、中宮、讃岐典侍、という三人が死の床に揃《そろ》っている場面は思わずこちらが緊張してしまったが、それはゲスの勘ぐりというものだ。そのあと、中宮と長い時間を二人で過ごした天皇について「御《み》けしき、うちつけにや、変はりてぞ見えさせたまふ」と顔色がよくなったことを喜んでいる様を見ると、讃岐典侍は、中宮と自分の身分の違いをきちんとわきまえていた人なのだと思う。

そして皆の悲しみの中で天皇は崩御し、息子の鳥羽天皇がわずか五歳で即位する……そこまで読むと、私ははあっとため息をついて、新しく自分のためにお茶を淹《い》れようと立ち上がった。

狭いバックヤードで、大叔父が愛用していたらしい、古伊万里《こいまり》の蕎麦猪口《そばちょこ》に緑茶を入れる。なんだか、中世から現代に引き戻されたような、今はまだ半分中世にいるような気持ちだった。

レジの前に座ってぼんやり茶をすすっていると、私の斜め上にある、額装された一冊の本が目に入る。これは、大叔父がここの店主であった時、いや、私がここに初めて来た時からかかっていて、ずっとそこにある。

和綴《わと》じのねずみ色の本で（元は黒だったのが経年劣化で薄くなったのかもしれない）「玉能小櫛」と書かれている。本居宣長《もとおりのりなが》が江戸時代に書いた『玉の小櫛《たまおぐし》』だ。

『玉の小櫛』は本居宣長による、源氏《げんじ》物語の注釈書だということくらいは私も知っている。「もののあはれ」を提唱したことで有名だ。しかし、どうしてそれがここにあるのだろう。この本が『玉の小櫛』であることに、最近まで気がつかなかった。もしかしたら、大叔父は学生時代に、本居宣長の研究でもしたのかな、と考えたあたりで茶を飲み終わった。また、読書に戻る。

『讃岐典侍日記』後編、讃岐典侍はたった五歳の幼い鳥羽天皇の典侍《ないしのすけ》としてまた参内《さんだい》するが、亡き帝を思って泣いてばかりいる。ある時、鳥羽天皇が「自分を抱っこして、ふすまの絵を見せて」と言うので、抱いてお見せしていると、先帝とのいろいろなことが思い出されてつい泣いてしまう。

――皆知りてさぶらふ、とおほせらるるに、あはれにもかたじけなくもおぼえさせたまへば、いかに知らせたまへるぞ、と申せば、「ほ文字のり文字のこと、思ひいでたるなめり」とおほせらるるは……。

涙を隠してお勧めしている彼女に、鳥羽天皇が「全部、わかっているよ」と仰るので「何をご存じなのですか」と尋ねると、「ほの字とりの字のことを思い出しているんでしょ」と仰った。

幼い帝の様子を読んで思わず、ほっこりしてしまった。

「ほの字とりの字のこと」とはもちろん「堀河天皇」のことであり、五歳の鳥羽天皇が直接帝の名前を口にすることなく、慰めている……物語の中でなく、事実を記したであろう日記の中で、このような子供の帝が描かれた文章があるとは、他に聞いたことがない。歴史上は白河院などの陰に隠れて、印象が薄い鳥羽天皇が、優しく人の心を察することができ、教養もある賢い子供として目の前に現れた気がした。

その時、引き戸が開く音がして顔を上げると、四十代くらいの細身の男性が入ってくるところだった。デニムにトレーナー、薄いジャンパーという服装で、大きな紙袋を提げていた。長めのマッシュルームカットというか、短めのおかっぱというか、男性にしては髪が長く、マスクをしているから顔立ちがあまりよく見えない。

「いらっしゃいませー」

小さめの声で、一応、言ってみる。やっぱり、店に知らない人が入ってくると緊張する。というか、店というものはそういうものだが。

彼には聞こえなかったのか、こちらを見もせず、ポケットに手を入れたまま、店をきょろきょろ見て回っている。

客なら本を見るのは当然なので、それをとがめることはできないが、あやしいと言えるような言えないような、ちょうど中間くらいの雰囲気だった。

十分ほど、うろうろと歩き回ったあげくに、彼はこちらに歩いてきた。じっと見ていたことを気づかれないように、慌てて、本に顔を隠す。

「すみません」

「はい」

今、気がついたばかりですよ、というような表情で、顔を上げた。

「これ、買い取りしてくれませんか」

持っていた紙袋をどさっと置いた。

「はい」

しかし、私は迷っていた。まず、店主であるところの珊瑚さんは出かけている。さらに、その珊瑚さんでさえ、古物商としての資格をまだ持っていない。さらに、さらに、うちの店には、ずっとあったはずのものがない。それは「古書買取」の看板で、その謎《なぞ》は、まだ彼女に聞いてさえいない。

買い取りしてよいものだろうか。

「あの……」

そのあたりのことを説明しようとして、おそるおそる、紙袋を開いたところで、私は声が出なくなってしまった。

「いくらで買い取ってくれるの？」

男はいらだったような声を上げた。

「あ、あの、ちょっと……ちょっと、待っててくださいね！」

私はレジのある場所から出ると、ちょっと待ってて、ちょっと……と同じ言葉を何度もくり返しながら走り出した。そして、店を出て隣に行き、「汐留書店」の引き戸をがらがらと開けた。

「汐留さん！　汐留書店さん！　すみません！　ちょっと来てくれませんか！」

汐留書店さんは鉄道に関する書物ばかりを集めた店だ。私は彼とはほとんど初対面に近い。だけど、この際、かまっちゃいられない。だって、困ったことがあったら、声かけてくれって言ってたし！　今困っているし！

奥で沼田さんが驚いた顔で、こちらを見ている。

「何、どうしたの？」

「こっち、こっち」

幸い、汐留書店に客はいなかった。

私は沼田さんの手を引っ張って、うちの店まで引きずり込んだ。

役所というのは、本当に疲れる場所だ。それがどんな役所でも。

警察署まで歩き、入口の案内板を見上げていったい自分がどこに行けばいいのか、ということを確認し、その窓口に行って整理券を受付機械から引っ張り出し、順番まで待って、窓口で説明して……というだけのことで、何も大変なことはないし、警察官だって区役所の人だって、怖かったり無愛想だったりするわけでもない。時には笑みさえ浮かべて親切に対応してくれるというのに、終わると「はあああ」と大きな長いため息が出てしまう。役所であたしは不思議と喉《のど》が渇いてしかたがない。もちろん、警察署にも自動販売機やら水飲み場やらがあって、いつでも好きなように喉を潤すことができる。だけれども、こういう時の喉の渇きはそれでは収まらない。

——お蕎麦でも食べていきたいわねえ。ラーメンじゃなくて、日本蕎麦。

用を済ませて、警察署から神保町《じんぼうちょう》までの道を歩きながら思う。

温かいお蕎麦、濃口醤油《しょうゆ》の、出汁《だし》が利いていて、できたらたっぷり揚げ玉がのっているようなの。天ぷら蕎麦じゃなくていい。ただ、揚げ玉で……。

そう思いながらも、ついつい足はそのまま鷹島古書店の方に向いてしまう。

今日は美希喜ちゃんに店番を頼んだけれど、ちゃんとやっているかしら。隣の美波さんにも沼田さんにも声をかけてきたけれども……。

あたしもたまには何かお土産《みやげ》を買っていかなくちゃねえ、いつも美希喜ちゃんは何かしら、おいしいものを買ってきてくれる。あれが本当にありがたい。おいしいものをバックヤードで食べて、彼女が代わりに店番してくれる間、他愛もないことをおしゃべりする。とても楽しくてほっとするひとときだ。

さあ、軽くご飯を食べてお土産を買っていくか、何か買って一緒に食べるか……目をきょろきょろさせながら、神保町の街を歩く。

実は、東京に来るまで、ほとんど一人で外食をしたことがなかった。

帯広《おびひろ》にもおいしいものはたくさんある。だって、北海道だもの。牛も豚も人間よりもたくさんいて、とても安い。めずらしいのは、乳牛、ホルスタインの雄牛《おうし》を育てて食肉として出荷する牛肉だ。本土の方にはあまり出回らないから知らない人の方が多いだろう。脂のさしがたくさん入った銘柄牛とは違うけど、さっと焼いても煮込んでも、肉自体の味がしっかりしていて、とてもおいしい。他にも、ジンギスカンや豚丼《ぶたどん》は有名だし、お魚だって十勝《とかち》港から新鮮なものが届く。小麦粉、牛乳、卵、小豆なんかも豊富にとれるから、ケーキや和菓子だって質が良い。

だけど、やはり親が生きていた時は友達や会社の人に誘われることがなければ出歩かなかった。介護するようになってからは特に。両親が亡くなった後は、時々、一緒に介護の仕事をしている人たちや友達とご飯を食べた。帯広では基本的にご飯を食べに行く時は車に乗らなくてはならないから、お酒を飲むなら代行を頼まなければならない。一人で食べるのは、ショッピングセンターの中にある「インデアン」のカレーくらいだっただろうか。

あれは安くておいしかったな、と急に懐かしくなった。

神保町のボンディのような濃厚な欧風カレーやエチオピアのような本格インドカレーとは違うけど、五百円未満で気楽に食べられるカレーで、でも、やはり、家ではできない味だった。また、食べたい。

こちらに来てからは、仕事帰りに時々、外食する。

最初はおっかなびっくりだった。チェーンのお蕎麦屋さんの値段や匂《にお》いに惹《ひ》かれて入口のあたりでうろうろし、やっと中に入っても、今度はチケット売り場でまごまごして、結局、そのまま外に出てしまったりした。

だけど、勇気を持って一度、やってみればどうということもない。

最近では、仕事の帰りに神保町のラーメン屋に寄って麺《めん》をすすりビールを飲むことだって、高円寺《こうえんじ》でスパゲッティを食べてワインを飲むことだってできるようになった。

ちょっと怖かったり、恥ずかしかったりしても、席について落ち着いて周りを見渡せば、実は一人の客はたくさんいる。東京は一人を優しく包んでくれる街だ。

なんだか、遅い春が来たようだった。あたしは農協でアルバイトをしたこともあるし、介護ヘルパーとしても働いていたから、決して世間知らずの箱入り娘ではないはずだが、こうして、都会で、仕事の帰りにご飯を一人で食べて、お酒を飲んだりしていると、自分が急にお姉さんになったような気がする。二十代の新人会社員のような。いや、二十代というのは図々《ずうずう》しいかもしれない。五十代くらいの新人さんにはなれたような気がした。

やっぱり今日はお蕎麦を食べていこうと歩いていたら、いい感じの蕎麦屋を見つけて、すっと中に入った。

「いらっしゃいませ！」

四十代くらいの女性が声をかけてくれて、二人掛けのテーブルに案内された。昼前だからか、人はまばらだった。

入る前は温かいお蕎麦でもすすっていこう、と考えていたのだけど、メニューを開くとしょうが天ぷら蕎麦というのが名物らしい。冷たい蕎麦だということはわかっても生姜《しょうが》の響きに惹かれたし、最後に蕎麦湯を飲めば身体《からだ》は温まるだろう、と思って、勢いで頼んでしまった。

注文が終わり、落ち着いたところで、またその手紙を開いた。

鷹島珊瑚様

拝啓

こちらはまだまだ春の訪れは兆しさえもありませんが、東京はそろそろ桜の季節でしょうね。

珊瑚さんにおかれましては、お元気でお過ごしのことと思います。

あなたが帯広を出られてから、ずいぶん経《た》ちました。でも私たちはあなたの不在になかなか慣れなくて、いまだに「珊瑚さん、どうしているかなあ」などと話しています。

実は、珊瑚さんが帯広空港を発《た》ったあと、なんとなく皆で「ご飯でも食べていきましょうか」ということになり、それぞれの車で帯広に戻ってから北の屋台で飲みました。鈴子《すずこ》さんや和子《かずこ》さんもいらっしゃり、なごやかな会となりました。

私もめずらしく痛飲しまして、その夜は代行で帰りました。年甲斐《としがい》もなく、恥ずかしいことです。もちろん、他の方もそろって代行です。

もともと、あそこにいた人は皆、顔見知りではありましたが、私がこれまで親しく話したことのない人もいました。けれど誰《だれ》からともなく、ＬＩＮＥでも交換しますかと言って、その後、何度か飲んだりしています。おかげで新しい友達ができました。

それ以外はあまり変わらぬ日々を過ごしています。

毎朝、同じ時間に起きて、あなたもご存じの愛犬チロとの散歩、仏壇に線香をあげて手を合わせ、午後は車で食品の買い出し、一週間に数回来てくれるヘルパーさんに手伝ってもらって家事をし、休日には息子の家に行って孫の顔を見てくることもあります。そして、週に何回かは喫茶店の「時計《とけい》」です。

「時計」のママも、私の顔を見ると、「珊瑚さんどうしているかしらねえ」と言います。

そういえば、あの頃、ママが購入を迷っていた、コーヒー豆の焙煎機《ばいせんき》、やっと店に入りました。今は店中にいい匂いをさせていますよ。珊瑚さんにもぜひ、新しい焙煎機で煎った豆のコーヒーを飲んでもらいたいです。

とはいえ、東京で新たな世界が開けた珊瑚さんとはまったく比べものにならないような、刺激のない、平和な日々です。

でも、何かが変わったのかもしれません。

この間、「時計」のアルバイトのミキコちゃんに「東山《ひがしやま》さん、無口になりましたね」と言われました。

珊瑚さんはどんな一日を過ごされているでしょうか。

きっと、あなたのことですから、新しい仲間に恵まれ、楽しい毎日なのではないかと想像しています。いえ、そうであって欲しいと心から願っています。

たいした内容もなく、思いついたことをつらつらと書きました。

乱筆乱文、お許しください。


どうぞご自愛くださいませ。

敬具
東山権三郎《ごんざぶろう》

追伸
もしかして、珊瑚さんがこちらにいた時、私はなにか失礼なことをしたことがあるでしょうか。そうであれば、平にご容赦いただきたく存じます。私のことで、万が一、珊瑚さんがこちらに戻りにくいような気持ちになっているのなら、本当に申し訳なく、つらい気持ちでいっぱいです。
私のことなど気にせず、珊瑚さんのしたいようにしていただけたらありがたいです。こちらに戻られましても、私に会いたくなければ、まったく、無視してくださってかまいません。珊瑚さんのお望みであれば、別の街に移ることも考えます。
とにかく、私の存在があなたの行動の妨げになっていないか、心から心配しております。

読み終わったところで、しょうが天ぷら蕎麦が運ばれてきたので、あたしは手紙を畳んで、バッグにしまった。細くて白い、更科《さらしな》蕎麦らしい蕎麦で、腰があっておいしい。そこにたっぷりと細切りの生姜の天ぷらがのっている。生姜の天ぷらはそれだけで食べると、刺激が強くてちょっと驚くが、蕎麦や天つゆと食べると、ちょうどよくマイルドになる。

とてもおいしい蕎麦なのだけど、頭の半分は東山さんの手紙の中身で占められている。

つらつらと書きました、と言いながら、この手紙の真の目的は追伸部分にあることは間違いない。

失礼だなんて。

東山さんとのことは、あたしの胸の中の、ただ一つの宝石だった。

小さいけれど、美しくきらきらと光っている。

あたしは、最初、東山さんの奥様の介護ヘルパーとして彼と知り合った。何度も家に行って、彼を手助けして奥様の世話もしたし、相談にも乗った。

あの出会いが別の形だったら……。

あたしは慌てて蕎麦をすする。

冷たい蕎麦だということは知った上で頼んだのに、身体が冷えてきた。最初に出てきた蕎麦茶を飲んでみるけど、少し冷めていて、この冷え切った身体を温めてくれそうにない。

早く食後の蕎麦湯を飲まなければ……。あたしは急いで蕎麦をたぐる。

📖　📖　📖

「いや、びっくりしたよ。美希喜ちゃんが急にうちの店に走り込んできて、なんの説明もなしに手を引かれたから、いったい何事かと思った」

あはははは、と沼田さんは笑った。

ちなみに「汐留書店」さんの名前は、国鉄の汐留操車場から取った名前だそうだ。「汐留書店」さんは沼田浩三《こうぞう》という。

「すみません。もうどうしていいかわからなくなっちゃって」

警察署から帰ってきた珊瑚さんも加わって、お茶を飲みながら話した。

「本当にお世話になりました」

珊瑚さんが深々と頭を下げる。

「いえ、ああいうものはさすがに若い女の子では査定できないから、しかたないですよ。だけど、今後はどうするか、決めておいた方がいいかもねえ。扱うのか、扱わないのか。扱わない、とはっきり決めている店も少なくないんだから」

ああいう、と沼田さんが言うのは、いわゆる「エロ本」なのである。

店に来た客は、女優さんや芸能人、有名人のヌード写真集ばかり、七、八冊持ってきたのだった。

「確か、滋郎《じろう》さんもほとんど扱ってなかったはずですよ。春画は扱っていたけど。今日の人は飛び込みで、このあたりのことをあまり知らないみたいだったから、たまたまここに入ったんでしょう。もしかして、美希喜ちゃんが若い女性だから、わざとそんなものを持ち込んで反応を楽しむ、嫌らしい輩《やから》かと思ったけど、そういう感じでもなかった」

店に来てくれた沼田さんは顔色一つ変えず、慣れたふうに本を調べ、彼に一万円ちょっとのお金を渡したのだった。

「ああいうものは、相場がはっきりしているから簡単なんですよ。私のような門外漢でもすぐに査定できる」

「でも、汐留さんのお店で並べるわけじゃないでしょう」

「ええ。でも、他の店に持ち込んでもいいし、ネットで売ってもいい。確実な小遣い稼ぎになるんですよ」

「へえ」

「昔は、神保町でもこれ一本でやっている店があったんです……私も若い頃は一度行ってみようかと思っていたんだけど、気がついたら、今みたいにネット全盛時代でしょう。今はどうなっているんだか」

沼田さんが頭を振ったあと、真顔で尋ねた。

「これ、本当にうちでもらっちゃっていいんですか」

「ええ、もちろん。かまいません」

私と珊瑚さんは声を合わせて言った。

「そうそう、これだけは覚えていた方がいい」

沼田さんは一冊の本を出した。

それは、今は国会議員の妻になっている、元アスリートのセミヌード写真集で、露出は控えめだ。それでも、珊瑚さんは目を丸くして、唇をぐっと引き締めた。

「これは、正直、市場価値としてはそう高くないんですよ。ある程度の人気はあったし、その時は話題になったけど、美人でもないし、露出度も高くない」

「その人、覚えています。確か、銅メダル取って、何かのセリフで有名になった人ですよね？」

「あれじゃなかった？『生まれ変わっても、金メダルより、この銅メダルがいいです』とかなんとか。あたしもあれを見た時はもらい泣きしちゃったわよ」

そう、彼女はマイナー競技で銅メダルを取ったあと、そのセリフでもてはやされ、その後、何を勘違いしたのか歌手としてデビューしたが結局鳴かず飛ばずで、最後にやけになったようにセミヌード写真集を出したのだった。けれど、その起死回生の策も人気にはつながらなかった。その後、数年、なりをひそめていたと思ったら、急に東北地方の国会議員の妻となって姿を現した。

「市場価値は状態が良ければ、まあ高くて数千円ってところだけど、なぜか、この写真集はネットに出品すると数万円まで値段が上がる」

「どうしてですか」

「よくわからないんだけど、特定のアカウントがこれだけを集中的に買っている。どうも、彼女の関係者が買っているんじゃないか、って俺《おれ》らは噂《うわさ》してる」

「関係者？　ご家族とかですか」

「たぶんね。旦那《だんな》さんの事務所関係者かもしれない。もともと発行されたのは三千部くらいだし、増刷してないから、実質的に売れたのはその半分も行ってないでしょう。おおよそ千五百部として、捨てられたりしてなくなったものもあるだろうから、残っているのはおそらく千部ちょっと。いま市場に出ているすべてを買い取ろうとしているのかもしれない」

「それだけでも、最低数百万円はかかりますよね」

「それでも、買い取りたい人がいるんでしょうね」

沼田さんは肩をすくめた。

「だから、誰かが売りに来たら、これだけでも買っておけばちょっとしたお小遣いになるんですよ」

じゃあ、これ、もらっていきますね、と言って沼田さんは鼻歌を歌いそうな後ろ姿で出て行った。

「ごめんなさい、珊瑚さん、大騒ぎして」

私は沼田さんが見えなくなると、頭を下げた。

「とんでもない。あたしがいてもきっと同じことをしたと思うわ」

はあ、と一緒にため息をついて顔を見合わせ、笑い出してしまった。

「よかった、外出していて」

「もう、ひどい。珊瑚さん」

そして、笑いながら、私は言った。

「この店ではもう、ああいうものは扱わないと決めてしまった方がいいかもしれませんね。沼田さんも言うように、そういうことを決めている店もあるということですし」

「そうねえ」

珊瑚さんは真顔になって、ほうっとため息をついた。

「もう買い取り自体しない方がいいかもしれないって思っているのよ」

ドキッとした。

これまで何度か珊瑚さんに今後のことを尋ねようとして、失敗してきた。なんとなく話をはぐらかされたり、うやむやになったり。でも、今、何の気なしに発した言葉が、その答えを誘発しているのではないか。

この店をどうするのかということ。

「買い取りしないんですか」

うまくいった！　私はずっと珊瑚さんに聞きたかった、いや、聞かなければいけなかった、店の今後の行き先を聞けた。これなら母、芽衣子《めいこ》を満足させられる報告ができそうだ。

「うん」

珊瑚さんは物憂げに、うなずく。

「ここにもうちにも……うちっていうのは高円寺の家ね。ものすごい量の本があるの。あれを処分するだけでも何年もかかるんじゃないかしら」

「……処分って。じゃあ、ここはどうするんですか」

珊瑚さんは、代わるわ、と小さく言って、私と入れ替わりにレジの前に座った。私は折りたたみ椅子《いす》を広げて腰掛ける。

「あたしや滋郎兄さんの思い入れだけで、残しておいても美希喜ちゃんやお父さんたちにご迷惑かけるだけだしねえ。今くらいの、特に儲《もう》かっているわけでもないけど、借金もないようなところで閉めるのがいいのかしら、と思っているのよ」

予想していたこととは言え、私はちょっとショックを受けて言葉が出ない。

そして……なんだろう、この胸の痛みは。

さっきから私の胸をチクチクと、何かが刺してくる。

「まだはっきり決めたわけではないの。北海道から出てきた時にも、とにかく、こちらに来て、この店の状況を知らなければ、ということだけ考えて飛行機に乗ったの。でもねえ、こうして来てみてもあたしに兄さんと同じように古書店ができるとは思えないし」

「いや、珊瑚さん、初めて東京に住んだにしてはすごくよくやっていると思いますよ！　やってる、というのはちょっと失礼ですね、すみません。でもまわりの人にもなじんでるし、もう、レジもちゃんと打てるようになったじゃないですか！」

「本当？　そう見える？　なら嬉《うれ》しいわ」

珊瑚さんがやっと微笑《ほほえ》んでくれた。

ちょっと胸の痛みが治まったのは、珊瑚さんの笑顔が見られたからか、古書店の命が少し長くなりそうだからか。

「買い取りは確かにむずかしいかもしれないけど、許可も申請したんだし、これから少しずつやっていけば……」

「でも、自信ないわ……あたしは滋郎兄ほど本のことを知っているわけじゃないし、美希喜ちゃんみたいに文学について勉強しているわけじゃないし」

「やだ。私なんて、たいしたことないですよ。この間も学会に出す論文に誤字が多すぎるって先生に怒られたばかりだし」

ヘラヘラ笑っているけど、胸の痛みは完全には治まらない。

「珊瑚さん、本、たくさん読んでるじゃないですか！　私なんかより」

「それは下手の横好きで、手当たり次第読んでいただけ」

「私がこの間、近現代文学の中で、偏食の子供を扱った小説って『細雪《ささめゆき》』と『人間失格』の他になかったでしたっけ、って聞いたら、すぐに岡本かの子の『鮨《すし》』があるって教えてくれたじゃないですか」

「あれはたまたま」

「まあ、もしも、仮に終わらせるとしてもいろんなやり方がありますよね？　完全に店を閉じて別のテナントを入れるということですか？　それとも、誰かに店ごと譲るとか？　誰かに運営してもらうっていう手もありますし……」

「それも含め、まだぜんぜん決めてないのよ」

「本の処分だって、もう、面倒だったら業者呼んで、全部投げ売りするって方法もありますよ！　そうしたら、一瞬で終わります。楽だし」

ショックのあまり、私の口からぽろぽろと言葉がこぼれる。

「……それはさすがに……向こうにいる時はそんなことも考えていたけど」

考えていたんだ！　考えちゃったんだ！

「でも、こうして一冊一冊の本を見ていると、兄さんが気持ちを込めて選んだんじゃないのかなって思ったりするのよね。だから、今、全部、すぐに売ろうって思ってはいないわ」

ああよかった。私は、胸をなで下ろす。

「だけど、最終的にはそれも考えないとね」

チクッ、チクッ、チクッ……チクチクチクチクチクチクチクチクチク……。

私の胸の痛みは押しとどめようがない。


なんとなく話が途切れてしまったので、あたしは美希喜ちゃんに勧めた。

「美希喜ちゃん、お昼ご飯、食べた？」

「まだです」

「じゃあ、食べてきたら？　ごめんなさいね、何か買ってきてあげようと思ったんだけど、適当なものが見つからなくて」

「いいえ……珊瑚さんは？」

「軽く食べてきたわ」

「では……行ってきます」

美希喜ちゃんは小さな手提げのバッグを持って、出て行った。

後ろ姿を見た時、なんだか元気がない気がした。

あたしはレジの下から、今朝、高円寺の家から持ってきた古本を取り出して、昨日売れた本の代わりに入れる。ついでに本の整理をして、はたきをそっとかけた。

自分の後ろですうっと音がして、お客さんが入ってくる気配があったので振り返る。四十代から五十代のスーツ姿の男性だった。入ってくるなり、ビジネスバッグを自分の足下に置いて、本棚を眺めている。

「いらっしゃいませ」と言いそうになって口をつぐんだ。

最近、やっと古本屋ではそれを言わなくてもいいんだ、ということを知った。辻堂社長に注意されて、わかったのだ。

「チェーン店の居酒屋じゃあるまいし、そんな元気に挨拶したら、古本たちがびっくりするぞ」

確かに、と笑ってしまった。あたしの声で、びくっと身を震わせている古本の姿が思い浮かんだから。

とにかく、挨拶はやめにして、あたしはそっとレジのところに戻った。

彼は相変わらず、じいっと本を見ている。いや、本を見ている、というより、本棚を眺めている、という感じだ。入口すぐのベストセラーや実用書がぎっしり入っている場所をじっと見ている。

あたしはできるだけ気にしないように、何か本を読むことにした。今日はこの店の蔵書の中から見つけた、平野レミさんの『ド・レミの歌』だ。レミさんが今みたいにテレビに出るずっと前にこれを読んで、「なんてユニークで明るい、素敵な人がいるんだろう」とすっかり魅了されてしまった。その後、お料理本も取り寄せて、その料理にも夢中になった。だから、テレビに出るようになっても、「あの本のままだな」とそう驚かなかった。

本を読んで、ふっと顔を上げると、彼はまだそこにいた。ずっと同じところを見ていた。さっきからまったく動きがない。斜め後ろから見た姿だけだけど、さっきから視線がぜんぜん動いていない気がした。

大丈夫かしら。

余計なことだと知りながら、心配になってしまう。

「あんまり声をかけるなよ。古本屋の客なんてもんは皆、そっとしておいて欲しいもんなんだから」

そうも社長に言われ、よくわかっているのだけれど、気になる。

レミさんのエッセイをもう一つ読んで、まだ同じ状態だったら、声をかけよう。

そう思って、文庫本に目を落とす。

レミさんのお父さんは毎日、決まって克明な日記を書くが、浮気をした日はフランス語やドイツ語で日記を書くので、それを解読するためにお母さんがレミさんたちに学校を休ませた、という話を読んで、つい笑ってしまう。

なんて、雅《みやび》な浮気調査だろう。

そして、また顔を上げると……客はやっぱり、同じ場所でじっとしている。かれこれ、二十分近いのではないか。

あたしははたきを片手に立ち上がる。でも、はたきを持っていたら、「お帰んなさい」と言っているように見えるか、と思ってそれを置いた。本の整理をしているふりをしながら、そっと近づく。

「あの」

「はいっ！」

彼はびくっと身体を震わせて、こちらを振り返った。

「あ、ごめんなさい。驚かせてしまって。ごめんなさい。もしも、何かお探しだったら、お声をかけてくださいね。ごゆっくり」

そう言って、あたしはレジ前に戻った。

彼は小さく頭を下げると、少し居心地悪そうになって、ビジネスバッグを取り上げると、店全体をゆっくりと回り出した。

せっかく見ていてくれたのに、なんだか、悪いことをしてしまった、と反省しながら、あたしは『ド・レミの歌』を取り上げ、知らんぷりをして読み始めた。

彼は店を一周すると、軽く頭を下げて出て行こうとした。

「あの」

どうしても謝りたくて、もう一度その後ろ姿に声をかけた。

「ごめんなさい」

また、その背中がびくっとする。なんて、びくびくしている人なんだろう。

「決して、追い出そうと思ったんじゃないんです。なんだか、困っていらっしゃるように見えたから、ついお声がけしてしまって。本当に、すみませんね」

「いいえ」

彼は振り返った。

「こちらこそ、長居してしまって、すみません」

「古本屋なんて、皆、長居するものですから。ぜんぜん、かまわないんですよ。また、長居しにきてくださいね」

すると彼は少し迷って、ビジネスバッグを両手で前に持ち直し、こちらに近づいてきた。レジの前で小さく頭を下げた。

「仕事でいろいろあったものですから、本でも読んで、何か学べればいいなと思ったんです」

すみませんでした、とまた頭を下げる。

「そうですか……うちの店はあんまり、ビジネス関係の本はなくて」

「いいえ、そういう本ではなくて。学ぶというか、気持ちが変わるようなものでも……と思ったのですが」

「そういうものなら、お手伝いできるかも」

「でも、僕、お金ないんです」

言ってしまってから、彼ははっと息を呑《の》んだ。お金がないのに来たのか、と思われると心配したのだろう。あたしはそこは聞こえないふりをした。

「いいんですよ、好きなだけ読んでくださって」

だって、この店は兄の店で……本は兄のものだもの、と心の中でつぶやく。あたしだって、もともとはお金なんてなかった。

「最近、仕事はうまくいってないし、家族とも……息子が高校生なんですけど、何話していいのかわからなくて」

「あら、高校生？　じゃあ、十七歳くらいかしら」

「あ、そうです。今年、高三で、進路を決める歳《とし》なんですけど、うまく話せなくてね……この間、話し合っていたら、何になりたいかはわからないけど、親父《おやじ》みたいになりたくない、それだけはわかるって言われて」

「そんな……」

「いや、すみません、つまんないことを話しました」

彼はまた、きびすを返して、立ち去ろうとした。

「あ、待ってください」

あたしは立ち上がって写真集の棚に行くと、一冊の本を引き出して、彼に見せた。

「これ、ご覧になったこと、おありになる？　あ、あの、お買い上げにならなくてもいいのよ、よかったらちょっと見ていって」

あたしは思わず、折りたたみ椅子とテーブルを広げた。

――橋口譲二《はしぐちじようじ》著『十七歳の地図』

昔のレコード盤ぐらいの大きさの、大きくて重い写真集で、立ったまま見るには少しつらいはずだ。

「あ、ありがとうございます」

彼はかなり戸惑いながら、でも、まあしかたないな、というような顔で椅子に座った。ずっと立っていたから、疲れただけかもしれない。

「それね、一九八七年から八八年にかけて、十七歳の人たちの姿を撮った写真集なのよ。当時、評判になって続編も出たんだけど」

彼はそれを広げた。

「白黒だけど……きっと今はお客さんくらいの歳になってるんじゃないかしら」

「まさにドンピシャですね……僕、一九七〇年生まれだから……」

「あら、じゃあ五十歳？　お若く見えるわね」

その言葉に、彼は初めて笑った。

「よかったら、見ていってちょうだい。好きなだけ」

本を広げるとあたしの言葉は必要なかった。彼はそれをじっと食い入るように見始め、写真と隣にある文章を読んでいた。

あたしも、もう声はかけずに、自分の本を読んだ。

急に押し殺したような声が聞こえてきて、あたしは驚いて顔を上げた。

彼は写真集を見ながら、ぽろぽろ涙を流していた。

📖 📖 📖

なんだか、疲れてしまったな。

私はぼんやりとすずらん通りを歩いた。もう近くでいいから食べちゃおう、と思っていたらロシア料理の店を見つけた。

あ、ここ、一度入ってみたかったんだ、と思ってドアを押した。

ロシア料理ってちゃんと食べたことあったっけかなあ、と考えながら。

入ってみると、細長い店に、テーブルが縦に三つ並んでいる。奥にいた女性店員さんに「一人です」と指を立てると「どうぞ」と席に案内された。その言葉を聞くまでもなく、外国人……たぶん、ロシア人と思われる、若い女性だった。

席について、ランチメニューを見る。白いビーフストロガノフにも惹かれたが、「世界一美味《おい》しい豚肉料理グリヤーシ」という料理に目が吸い寄せられた。

グリヤーシ、味がまったく想像できない。

何も言っていないのに、ボルシチと二種類のパン、キャベツのサラダがすぐ運ばれてきた。ランチセットにはすべてそれらが共通で付いてきているからだろう。

私はグリヤーシのランチセットと追加でピロシキも頼んでみた。

グリヤーシが来る前に、ボルシチを食べてみる。ちょっと酸味のある赤いスープにはジャガイモやキャベツ、トマトなどの野菜と牛肉の塊をスライスしたようなものが入っていて、サワークリームが添えられている。とても柔らかく煮込まれていて食べやすい。キャベツのサラダが酢と油でしっかり和《あ》えられているのはザワークラウトの代わりなんだろうか。これもとてもおいしかった。ロシア料理というのは意外と野菜がちゃんと食べられるんだな、と嬉しくなった。

それらを食べ終わった頃に来たグリヤーシは、豚肉とトマトクリームのシチューと言ったらいいだろうか。それがグラタンのように熱く焼かれている。少し味が濃いめでパンと一緒に食べるとちょうどいい。初めて食べる料理だけど、どこか懐かしいような、馴染《なじ》みのある味だった。

ピロシキもちゃんとしたものは初めて食べる。ぽろぽろした牛ひき肉と思われる詰め物に少し春雨が混じっているのが、ここの特色らしい。周りの皮はぱりっと揚がっていて香ばしい。

熱々のグリヤーシ、ピロシキを食べていたら、なんだか、少し沈んでいた気持ちが凪《な》いできたのがわかった。

――ピロシキ、珊瑚さんにも食べさせたいな。お土産に買っていこう。

店員さんにお持ち帰りを二つ頼んだ。一つでは気が引けるし、余ったら家に持って帰ってもいい。彼女はにこりともせずにうなずいた。

ここで食べるものや、珊瑚さんに差し入れするものは、母がお金を出してくれることに自然となっている。最初に「鷹島古書店を毎日でもいいから見てきて」と言いつけられた時に「ちゃんと手土産くらい持っていくのよ。私が払うから」と言われたのがずっと続いている。

ピロシキができあがったので、私はその包みを持って外に出た。

鷹島古書店の戸を開けると、奥の方で珊瑚さんが男の人の肩をさすっているのが見えた。驚いたのは、彼が泣いていて、珊瑚さんが渡したと思われるピンクのガーゼ地のハンカチを目に当てていたことだ。

私がおそるおそる近づいていくと、彼女が気づいて顔を上げ、小さく首を振った。それが「大丈夫」を表しているのか、「こっちに来ないで」なのか、「気がつかないふりをして」なのか、よくわからなかった。

でも、彼はすぐに私に気がついて、「すみません」と言いながら目を強く拭《ふ》いた。

「いいんですよ。この子はあたしの親戚《しんせき》ですから」

「こちらこそ、すみません」

私は慌てて頭を下げた。

「いいえ……今、この写真集を見ていたら、なんだか、胸がいっぱいになってしまって」

「お茶でも淹れようかしら」

珊瑚さんが奥に入ろうとしたので、「私がやります」と言った。

「あら、ありがとう。美希喜ちゃん、してくれる？」

「はい。あの……今、そこでピロシキ、買ってきたんです。作りたての熱々なんですけど、食べませんか」

私はレジの脇《わき》にピロシキの包みを置きながら言った。

「いえ、とんでもありません」

「いいじゃないですか、食べましょうよ」

珊瑚さんが少しはしゃいだ声を上げた。きっと、彼の気を楽にしてあげるためだろう。

　私がバックヤードでお茶を淹れていると、後ろから声が聞こえてきた。

「写真集の、一人一人の顔を見ていて……横のインタビューを読んでいたら、なんだか、たまらない気持ちになってきちゃって。十七歳の頃って、本当にいろいろ夢があって怖いもの知らずだったなあって」

「そうねえ」

　珊瑚さんはのんびりと答える。

「自分も夢があったし、かなわない、なんて考えたこともなかった、でも、一つもかなわなかったな、って。それがつらかったのもあるんですけど、息子に……息子は夢なんてないって言うんです。なんだか毎日つまんなそうに学校に行って、つまんなそうに帰ってくる。それって、きっと僕のせいなんです。自分の姿を見ていると、夢も希望もなくなるんだろうな」

「あら、そんなことないでしょう」

「いえ、そうなんです……実は、この不景気で、会社を馘《くび》になりまして。今、求職中なんです」

「……そうだったんですか」

「毎日のようにハローワークに通っているんですけどこの歳になるとなかなか……それで時間があり余ってしまって。でも家に居場所はないし。今日も時間つぶしも兼ねてこの街に来たんです」

　私がお茶を出すと、彼は頭を下げた。ピロシキも小皿に出してテーブルに置く。

「温かいうちにどうぞ」

「いえ」

　彼は断るが、さきほどより力がない。

「本当にどうぞ」と珊瑚さんが言って、「こういうご時世ですから、もう、お客様の前に出したものはお客様が食べていただかないと」と笑った。

「珊瑚さん、無理矢理過ぎるよ」

「そうだったかしら」

「珊瑚さんもどうぞ」

　私はもう一つも小皿に出した。

「あら、いいの」

「私は今食べてきたばかりだから、お腹《なか》いっぱいです」

　湯飲みだけ持ち、珊瑚さんの後ろに立った。

「……じゃあ、すみません、いただきます」

　彼は手に取って、ピロシキをおいしそうに食べた。ものも言わず、一気に食べ終わると、はあっとため息をついた。

なんだろう。見ているだけで、こっちまでお腹《なか》がいっぱいになるくらい、おいしそうに食べてくれた。

「実は、そういうわけで、お昼のお金も持ち合わせがなかったものですから、助かりました」

そう小さくつぶやいた。

「よかった。本もお持ちください」

珊瑚さんが言った。

「そんな、とんでもない」

彼は手をぶんぶんと振る。

あの写真集、そこそこ値が張るはずだ。一万円くらいはするんじゃないか。彼が遠慮する気持ちもわかる。

「では、お貸しするから、お持ちください。息子さんにも見せてあげて」

珊瑚さんは重ねて勧めた。

「いつか、お返しくだされればいいですから」

「いえ」

彼はもう一度、『十七歳の地図』を手に取った。開くと、若い力士がじっとこちらを見つめている写真を指さした。

「皆、真剣ないい顔をしてますよね」

「ええ」

「中に、今も活躍する女優さんや、宝塚《たからづか》の人もいますよね……でも、他のほとんどの人は今、どこにいるのか、わからない。彼も今、どうしているのか」

「検索すればでてくるかもしれませんけどね。でも、女性は結婚して名字が変わっている人もいるかもしれないし……ほとんどはむずかしいでしょうね」

「皆、そうなんですよね。結局、普通の人になっていく……それが生きるということなのかな」

名残惜しそうに、それを見つめて、彼は本を閉じた。

「やっぱり、これはお返しします。息子に見せたい気もするけど、また、自分で買える時が来たら必ず来ますから」

彼が帰っていく後ろ姿を見ながら、私は気がついていた。

自分が「鷹島古書店《ここ》」にどれだけ愛情を持っていたのかを。

大叔父、鷹島滋郎さんが生きていた時、彼が亡くなったあと、ここがどうなるかなんて考えたこともなかった。

ここはいつもここにあったし、滋郎さんはいつもここにいた。

学校の帰りに、ふと、誰かと話したい、と思ったり、神保町に足を延ばしたりした時、

「鷹島古書店」に寄っていくか、と思いついたらいつでも来られた。

　引き戸を開ければ滋郎さんがいて、「美希喜ちゃん、よく来たね」と声をかけてくれた。ここにある本はなんでも読み放題だったし、高価な本だって「ちょっと貸して」と声をかければ「丁寧に読んでくれよ」と言うだけで、なんでも貸してくれた。

　そのまま借りパクしてしまった本も、実は自室にたくさんある。

　滋郎さんは優しくてなんでも知っていて、大学の先生たちにも一目置かれている、自慢の大叔父だった。

　いや、こんなふうに言ったら、私と滋郎さんの関係がそれほど密だったのかと勘違いされるかもしれない。

　そうでもない。

　一年近く来なかった時もあったし、神保町に来たって面倒だからと顔を見せなかった時もあった。だけど、どんなに時間が空いても、滋郎さんは一言も文句を言わなかった。いつ来ても歓迎してくれた。

　滋郎さんはレジ前で本を読んでいることも多かったが、一番よく覚えているのは本の整理をしている姿だ。

　本棚を回りながらお客さんが戻した本をきれいに並べ直したり、本を指先で引き出して順番を変えたり、コツコツ小さな音を立てながらいつも本を触っていた。

私がじっと見ていると、「美希喜ちゃん覚えておくといい、本は『触ると売れる』って言うんだよ。こうして整理していると、不思議とそのあと、売れるんだ」と教えてくれた。

そうだ、大叔父さんがあんなこと言うから、私は期待してしまっていたんだ。

もしかして、大叔父さんに頼んだら、この店、私にやらせてくれるんじゃないだろうか、と。

身体中が冷たくなって、私は自然に両腕を回し、自分を抱いた。

恥ずかしい。

なんて、思い上がったことを考えていたんだろう。

でも滋郎さんにつながる一族の中で私が一番若く、一応、文学も学んでいて、本が好きだった。親族の中で、誰が一番ここを継ぐのに適していたか、と言ったらやっぱり私だったと思う。

大学院を出て、どこにも就職できなかったら、この店でアルバイトをしようかな、修業しようかなくらいは無意識に考えていたこともある。

そしたら、そのまま働かせてもらえるんじゃないかしら、と。

でも本当は、たとえ大叔父が生きていたとしても、別に親族に継がせる必要なんてないわけだ。古書店をやりたいと思っている若者でもっとそれにふさわしい人物が現れたって不思議はない。

それなのに、私はどこかみくびっていた。「この程度」の「古臭い」「小さな」店、私がやってあげてもいいわよ、くらいに。

ここは私の最後の砦《とりで》、就職が決まらなかったら、それになるんじゃないかと漠然と考えていた。

母がこの店というか、このビルや滋郎さんの財産にさまざまな「憶測」をめぐらせていたことを笑えない。というか、私の方がずっと図々しい。

そんな自分のあつかましさに薄々気づいていたからこそ、母にイライラしたのかもしれない。

恥ずかしい。馬鹿みたい。

滋郎さんの遺言書に、私の名前は一度も出てこなかった。

私の父に、彼の財産の十分の一くらいの現金を残しただけ。それでも、叔父と甥《おい》という立場では十分なくらいである。

それなのに、私は傷ついていた。

そうだ、私は、本当は「傷ついていた」。

大叔父がここと私のことを少しも結びつけていなかったことに。

公の場所では、私と大叔父の関係が、どこにも何にもないことに。

「美希喜ちゃん、どうしたの？」

珊瑚さんが振り返って尋ねる。

「いいえ別に」

私は自分を抱いていた腕を下ろして、微笑んだ。


夕方になると、花村建文《はなむらけんぶん》君がやってきた。

「この間はありがとうございました」

美希喜ちゃんもいるのに気づくと、彼はちょっとまぶしそうな顔をした。彼女は黙って頭を下げた。

あのあと、彼は言葉通り、翌日には同じカレーを買ってきてくれた。その時も少し会話したけど、やはり、素直で優しい青年だった。

「いいえ、こちらこそ、ありがとう」

片手に『極限の民族』を持っていた。

「それ、読んでくださった？」

「はい、もう、一気に」

「どうだった？」

　あたしは決して、自分があげた本だからというわけではなく、同じ本を読んだ者同士として好奇心いっぱいで尋ねた。

「おもしろかったです！」

「そう？　よかった」

「珊瑚さんが言っていたように、ぜんぜん価値観が違う世界って本当にあるんだな、ってわかりました」

「そうでしょう？」

「北極圏って白夜のような時も多くて、一日中、太陽が出ていたり、逆に太陽が昇らない日もあって、いわゆる、朝とか昼とか、そういう概念さえない。『朝起きて、お母さんが作ってくれた朝ご飯を食べました』っていう当たり前の文章の意味がぜんぜん通じない場所があるって、なんだかすごいですよね」

　あたしは嬉しくなってただただ、彼の言葉にうなずいた。

「それに目玉！　アザラシの目玉とか食べちゃうんですよ！」

「でも、日本人だって、鯛《たい》の尾頭付きで目玉とか食べるじゃない」

　美希喜ちゃんが素っ気なく言う。彼女は、彼に冷淡すぎると思う。

「いえ、だって、あれは煮たり焼いたりしてあるじゃないですか。塩や醬油で味付けて。エスキモーは生ですから。ただ、真ん中から切って、ごろっと皿に出して食べるんですよ」

「へえ」

「食事というのは基本的に獲《と》ってきた野生動物の肉を倉庫から出してきて食べるだけなんで、料理という考え方は皆無ですし……」

「ねえ」

あたしは思わず、言った。

「焼肉でも食べに行かない？」

「え」

若い二人が同時に驚いた。

「あたし、ご馳走《ちそう》する！　行ってみたい店があるの。建文君の話を聞いていたら、なんだか、急にお肉が食べたくなっちゃった」

「今の話で、お肉を食べたくなる珊瑚さんってなんかすごいよ」

美希喜ちゃんが笑った。

「でも、確かにお肉いいかも。最近、食べてないし」

「ねえ、行きましょうよ。行ってみたい焼肉屋はここから近いんだけど、こればっかりは一人じゃ行けないでしょう。ずっとどうしようかと思っていたの」

「本当にいいんですか。僕もご一緒して」

建文君が申し訳なさそうに尋ねる。

「もちろん、ぜひ行きましょう」

彼は鞄《かばん》を取ってくると言って、店を出て行った。


あたしが若い二人を連れて行った店は著名人のファンも多い、老舗《しにせ》の有名店だ。なのに、ちょっと看板がかしいでいる。店に着くと、すぐに奥の席に案内された。

「何がいいかしらね」

あたしは興味津々でメニューをのぞきこんだ。二人とも相談して肉を決める。

いわゆる定番のカルビやロース以外に、建文君が「あの本を読んだら食べたくなった」と主張して、レバー、タン、ハラミ、ミノ、ハツなどを注文した。

「とはいえ、これは立派な『料理』という行為ですよね」と、彼が肉を網に並べながら言った。

「そうかしら、肉を焼いて食べるだけなのに？」

美希喜ちゃんが尋ねる。

「だって、肉をさばいて、こうしてその部位に合った切り方をして、焼いて、タレにつける……というのは、動物を獲って殺して、そのままかぶりつくというのとはまったく違う、まぎれもない『料理』です」

「なるほど」

「食べ物以外にも、彼らの男女、特に家庭内の男女の序列というのがこれまた日本のような社会とはまったく違うというのも興味深いことでした」

彼はさっそく、『極限の民族』の内容に入った。話したくてたまらないようだった。

「男女の序列？」

「はい。これは僕の偏見でしたが、いわゆる原始世界……狩猟と採集の時代、つまり男が狩りをし、女が家庭を守りながら木の実などを採ってくる世界では、男が今以上に圧倒的に立場が強いと思っていたんです。というか、現在も残っている男尊女卑の考え方はその時代にできたものだと……だけど、違うんです。エスキモーは圧倒的な女性上位の世界で、男はずっと奥さんにペコペコしている。著者は、彼らはまるで『借りてきた猫』のように家の中で奥さんの顔色ばかりを見ている、と書いています。その割に彼女たちはほとんど主婦らしい仕事はしない。というか、ないんです。家事というものがほとんどない。皆でそろってご飯を食べるという考え方がないし、料理というものがないから、子供たちも目が覚めた順からなんとなくご飯……この場合、生肉ですが……を食べるんです。彼女たちは一日のほとんどを家の一番いい場所でごろっと寝て過ごしている」

彼が右手の拳《こぶし》を枕にして寝転がる仕草がおもしろくて、ははははは、と皆で声を合わせて笑ってしまった。

「でも、食べ物を調達してくるのは男性なのに、その立場の強さはいったいどこからくるんでしょうね」

美希喜ちゃんがレバーを頬張《ほおば》りながら尋ねた。

「それはまだわからないんですが、僕の仮説では、そういう社会の中で、子供を産むということに大きな価値があるんじゃないでしょうか、今現在、現代人が考えている以上に……」

二人が熱心に話しているのを聞きながら、あたしは東山さんのことを考えていた。

彼は今頃、一人でご飯を食べているんだろうか。それとも、誰かと一緒に？

いずれにしても、さびしくしていないことを祈る。幸せでいることを。

兄が死ぬ半年ほど前に、東山さんの奥様が亡くなった。

その数年前に認知症の診断が下ってから、彼がずっと介護してきた奥様だった。

あたしは介護ヘルパーとして、他の人と一緒にそれを支えてきた……つもりだった。

穏やかで配慮のきいた、素敵な人だとずっと思っていた。心の中だけで。

東山さんも本を読む人で、時々、彼に頼まれた本を図書館から借りてきて、お渡しするようなこともあった。それで、彼が読む本のことを知った。

彼は司馬遼太郎《しばりょうたろう》や塩野七生《しおのななみ》の歴史物や、池波正太郎《いけなみしょうたろう》の時代小説が好きだった。

あたしが奥様の様子を見ている間、彼を外に本を読みに行かせたことも何度かあった。

あたしは決して、奥様に顔向けできないようなことはしたことがない、と思う。ただ、彼が借りていた本や蔵書と、同じ本を借りて読んだ。

誰にもわからないはずだった。

ただ一度だけ、東山さんの家の蔵書の整理を手伝った時のことだ。彼が「この本はおもしろいんですよ」と一冊の本を渡してくれながらつぶやいた。

「あ、それ、どんでん返しでびっくりしますよね」と思わず言ってしまった。

彼の蔵書もチェックして同じ本を読んでいたから。

当然、「珊瑚さんも読んだんですか」と尋ねられた。「はい、読んだことあります」と何食わぬ顔で答えればよかったのに、とっさのことで頰が真っ赤になってしまった。

きっと東山さんも気がついたと思う。

でも、その後もお互いに、それ以上のことは何もなかった。

それだけなのに、奥様が亡くなった後……あたしはどうしたらいいのか、わからなくなってしまった。

一度だけ、「今までのお礼をしたいから」と呼び出され、一緒に食事をした。その時、今後は「特別な友達としてお付き合いしたい」とはっきりと告白された。

嬉しかった。

だけど、嬉しかったからこそ、あたしはどうしても自分が許せなくなって、逃げるようにあの街を出てきてしまった……。

焼肉を囲んで、楽しそうに話している二人を見る。

さっきまで素っ気なかったり、まぶしそうな顔をしていたりしたのが不思議なくらい、打ち解けて話が弾んでいる。

二人には何か起きるんだろうか。

わからない。

でもただただ、今のあたしには彼らがうらやましく、輝いて見える。

そんなふうに、好意や愛や恋というものをそのまま、自分の気持ちのまま出せるのは人生のほんのわずかな時間なのだ、ということをこの二人は知らない。

それでいいのだ。

今のあたしはただ、優しいおばさん、焼肉を奢《おご》ってくれる大叔母さんとして、ここにいよう。

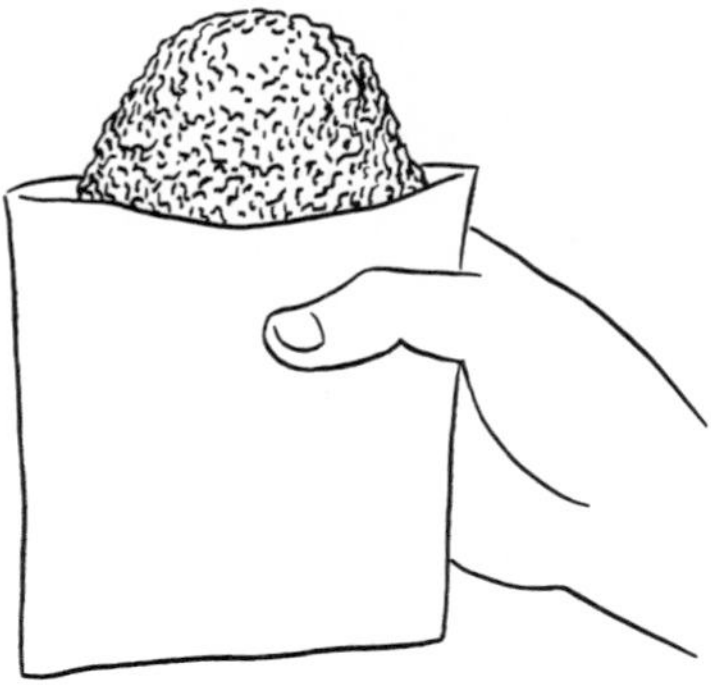

第四話

『お伽草子』とあつあつカレーパン

その人が来た時、あたしは上半身をバックヤードに突っ込み、下半身を店側に出している、という状態だった。

バックヤードと店を隔てるものはのれんのみ……どこかの土産屋《みやげや》で買ってきたようなもの……紺の地に白で山の絵が描《か》いてあって、正直、ダサかった。たぶん、滋郎《じろう》兄も誰《だれ》かにプレゼントされてしかたなく掛けたんじゃないだろうか。

あたしはのれんの向こう側に置いてある、自分のバッグから老眼鏡を取り出そうとしていた。お尻《しり》を突き出していて、店側から見たら、熊《くま》のプーさんが蜂蜜《はちみつ》を探すために穴に顔を突っ込んでいる様子と同じように見えただろう。

こほん、と小さいけど確実に気取った咳《せき》が聞こえたような気がしたけど、メガネケースがなかなか見つからず、そのまま探し続けた。

すると、こほん、こほんと、だんだん大きくなって、気取った感じも比例して増していった。はっとして、振り返る。

そこには白髪の一部を紫に染めた髪を大きく結い上げ、同じ色のメガネをかけている女性が立っていた。歳《とし》はあたしと同じくらいだろうか。

「ごきげんよう」

髪もメガネも、バッグも、そして、マスクまでもが高そうだった。

「ご、き、げ、ん、よ、う」

彼女はぼさっと立っているあたしに、嫌みったらしくくり返した。

「ごきげんよう……いえ、いらっしゃいませ」

「ああた、店員？」

「はあ」

この店であたしがどういう立場かということはなかなかむずかしい問題だ。店員かと言われれば確かに店員だし、店主と言えば店主だし、オーナーと言えばオーナーだし、前店主の妹かと言われればそのものだし。そして、部外者と言われれば、そんな気もした。

この人に、お尻（それは歳を取るにつれて巨大化していることを認めないわけにいかない）を突き出しているところを見られたのだ、と思うとかなり恥ずかしかった。初めて会ったけど、一番見られたくない人に見られたような。

「まあ、いいわ。この店の責任者、出してくれる？」

あたしはさらに困ってしまった。

誰が責任者かと問われれば、あたしが責任者な気もする。

でも、この人の「責任者、出してくれる？」の言い方はあれだ。「責任者、出てこーい！」と叫んで、出てきたらクレームをつける人のそれである。

責任者、出してくれる？　あら、あなたが責任者なの？　まあ、なんてすばらしいの、こちらのお店の選書、お品物、最高だわ、奇跡だわ、お礼を言いたくてお呼びしたのよ、こんなに素敵なお店を作っていただいてありがとう……というような展開は絶対ないやつだ。

あたしは微妙にあたりを見回した。当たり前だけど、あたししかいない。でもここに美《み》希喜《きき》ちゃんがいたら、「この人ですっ」って指さしたいくらい。辻堂《つじどう》出版の辻堂社長でも、建文《けんぶん》君でも、なんなら隣の沼田《ぬまた》さんでも、ここにいたら責任者を押しつけて逃げ出したい。

そのくらい、その女には関《かか》わったら面倒くさい感じが漂っていた。

「ちょっと、責任者を出してちょうだいって言ってるでしょ」

彼女が机を拳《こぶし》でごんと叩《たた》いたので、あたしはびくっと震えてしまう。しかし、いつまでも黙っているわけにもいかない。

「責任者……あたしかもしれません……」

後半はかなり小さな声になった。

「は？」

「あたしかもしれません」

「へ？」

「あたしが責任者と言えなくもないかもしれません」

彼女はあたしの顔をじーっと見た。

あたしは、どんな無理難題、クレーム、いちゃもん……が聞こえてもいいように、身構えて次の言葉を待った。

しかし、浴びせられたのは、まったく思いもつかないレベルの金切り声だった。

「いったい、誰の許可を得て、営業してるの！　あたくしに連絡がないなんて！」

そして、さらに彼女は言った。

「あたくしはここのCEOの妻よ」

CEO？　妻？

あたしは改めてまじまじと彼女の顔を見る。

老年にさしかかった女性としてはかなりきれいな方だ。お金のかかった装い、濃くて完《かん》璧《ぺき》な化粧、冗談のような言葉遣い……。兄が選びそうな女というには、最も遠い女性がそこにいた。とはいえ、妻だ、と言い切られると、確かに可能性がないとも言えない、という気もした。

そして、重大なことにも気がついた。

ということは、この人はあたしのお義姉《ねえ》さんなのか？

言うまでもないかもしれないが、あたしの知っている兄はとてもモテる人だった。小学生の頃《ころ》からずっと。

とはいえ、兄は特別、ハンサムというわけではない。

美希喜ちゃんはさかんに「滋郎さん、かっこよくて素敵な人だった」「イケメンで白髪が似合っていた」と言ってくれるけれど、それは歳を取ってからのことで、若い頃はどこにでもいるありふれたご面相だった。歳を取ったらいい顔になるんじゃないか、と言ってくれる人もいたが、確かに、白髪になって髪が薄くなってからの方が落ち着いていい雰囲気になっていた。

若い頃は中肉中背、頭が良く、誰にでも優しい、だけどそれだけの人だった。でも、なぜか、変な女にやたら好かれた。

特に高校時代には、学年で一番の美女だけど、妙に気の強い女生徒に好かれ、彼女に追い回されたことで、誰とも付き合えなかったらしい。

そういう意味で、兄は少しかわいそうな人でもあった。いくらモテるとは言っても、本当に好きな人にモテなきゃ意味がない。

だから、あたしは目の前に、一昔前の売れない演歌歌手か、やり手の銀座のママみたいな彼女が現れた時、驚くよりも、いかにも「滋郎兄が好かれそうな人だ……」と妙に納得してしまった。

気が強くてきれいな人はなぜか滋郎兄が目の前に現れると、自分がどうにかしたくなるらしい。そして、自分が思った通りにならないことにイライラして、さらに好きになってしまう。

学年一の美女も兄に付きまとい、交際を断られると人目もはばからずに泣いたり、騒いだりした。彼女の友達には「あの美人を泣かせた人」として白い目で見られ、男たちには羨望《せんぼう》と諦《あきら》めの眼《め》で見られて、散々な高校時代だった。

その女生徒は一人で空回りを続けたあげくに、最後は学校に来なくなってしまった。家でも塞《ふさ》ぎ込んで泣いているということで、親が心配して高校に相談し、兄は不純異性交遊を疑われた。

滋郎兄が高校生の時、あたしはまだ小学生だったけど、一度などは家に担任の先生と校長先生が来て、大騒ぎになった。女生徒の祖父が市会議員だった、というのも面倒なことに拍車をかけた。

母は泣くし、父は怒る。兄も自分が一つも悪くないのに叱《しか》られて、誰も自分の言い分は聞いてくれないから、両親に心を閉ざしてしまった。

最後には、当時、北大に行っていた長兄が家に帰ってきて、滋郎兄を説得し事情を聞いてくれたので、やっと何が起こったのかわかった。長兄がいなかったら、いったい、滋郎兄はどうなっていたのか。

滋郎兄が高校卒業と同時に東京に行ってしまったのは、成績優秀だったこともあるが、たぶん、彼女との一連の騒動も理由の一つだろう。

そんなことを思い出し、あたしはだんだん冷静になってきた。

だいたい、兄が死んで一年以上経《た》って今さら妻が現れるのはおかしいし、遺言状になんの記載もなかったことは確かだ。遺言状は税理士の先生が管理して、何度も目を通している。

「……お葬式にはいらしていましたか」

あたしはできるだけ、静かに聞いた。

「は？」

「葬儀にはいらっしゃいましたか」

こんな人がいれば気がつくはずだけど、あたしもあの時は泣くばかりだったし、見逃した可能性もある。

「……行ってないけど？　知らなかったし」

「そうですか」

一言だけだけど、あたしはさまざまなものを込めた「そうですか」を発した。

仮にも妻という立場なのに知らなかったんですか？　誰も教えてくれなかったんですか？　病院にもいらしてませんでしたよね？　戸籍にもお名前はありませんでしたよね？

そもそも、どういうご関係ですか？

「だから、あたくしたちはいわゆる、内縁の関係よ」

「そうですか」

「滋郎さんは公にしたがったし、結婚もしたがったんだけど、あたくしは社長だし、財産もいろいろあって、結婚するわけにはいかなかったの。あたくしには息子と娘が一人ずついて、家族にも再婚は反対されたから」

「そうですか」

「滋郎さんはあたくしにこの店を任せたいと言ったのよ。だから、実質、あたくしがオーナーよ」

「そうですか」

「滋郎さん、この店のことはなんでもあたくしに相談してくれたのよ」

「そうですか」

あたしがあいづちを打つたびに、女は少しずつ、正気を取り戻しているような気がした。

「あたくしだって、お葬式に行きたかったわよ。だけど、知らなかったんだからしかたないじゃない」

そして、しばらくあたしの顔を見たあと、はっと息を呑《の》んだ。

「あんた、あれでしょ！　滋郎さんにしがみついてた、子持ちの不倫の女でしょ！　戸越《とごし》の！」

これにはさすがに、「そうですか」とは言えなかった。

📖 📖 📖

私はトーストされたパンと目玉焼きを見ている。

のっているのはそれぞれ、白と薄いブルーの皿だ。どちらもいわゆるパン屋のキャンペーン……「パンまつり」やら「パンの日」やらと名の付いたやつ……でもらってきたものだ。そして、豆乳に溶かしたミロ。モロゾフのプリンカップだったグラスに入っている。パンにつけるイチゴジャムがのっているのはごくごく小さなココット皿で、それは以前、お歳暮でもらった高級惣菜店《そうざいてん》の豚肉のリエットが入っていた容器だ。

料理は全部、母、芽衣子《めいこ》が作ったもので、温かくておいしい。イチゴジャムも母の手作りだったりするから、心もそこそこもっている。だから、文句を言ういわれはまったくない。しかし、家の食器の半分以上が「何かの企業のキャンペーン」の賞品や付録や、店の容器の再利用だというのは、端的に言ってダサくないか。

これが母の唯一の弱点だった。

世田谷《せたがや》区に一軒家を建て、まあまあおしゃれな家具をそろえているというのに、そして、父のお給料だってそう悪くないのに、ただでもらえるもの、特に食器にめっぽう弱い。いや、執着している。

いつもなにかしらの「クーポン」とか「シール」を集めているし、毎月十五日のパン屋のサービスデーをカレンダーに書き込んでいる。同じスイーツなら、きれいな入れ物に入っている方を選ぶ。

小さな皿一つもらうために、数百円よけいにパンを買うことなんて日常茶飯事だ。

毎年の「春のパンまつり」が始まると、私と父は身構える。朝はもちろん、夕飯もパンを食べさせられる。クリームシチューが食卓に並ぶ頻度がめちゃくちゃ高くなる。もちろん、ビーフシチューやグラタンだってパンに合わせられるが、牛肉は高いし、グラタンは焼くのに手間がかかる。一番楽に、安く、パンと一緒に食べられるのはなんと言っても、クリームシチューだ。

「だって、パンはどうせ買うものじゃない？　少し多めに買っても、冷凍できるし」というのが母の言い分だ。

しかし、母よ、朝食用の皿はもう必要ない。それはどっさりあるし、夕食は（春のパンまつりの時以外は）和食が多いから、ほとんど使わない。

「ちょっと見てよ。今年のパンまつりのお皿。すっごくかわいい、おしゃれじゃない？」と私に、チラシやホームページを見せてくるのも、毎年のことだ。

「シンプルなお皿っていくつあってもいいものだし、今年のこのちょっと深いプレートってとっても使い勝手がいいのよね。カレーを入れてもいいし、スパゲッティを盛ってもいいし。今年のはイッタラのお皿にそっくり」

しかし、私も父も何も言わない。ただ、じっと耐えるのみだ。どうせ、言い負かされるし。

最近は、こんなことまでつぶやいているのを聞いた。

「美希喜が結婚したら、持たせてあげられるし……」

えっ。絶対嫌、勘弁して欲しい。

母は普段は「結婚しろ」とか「何歳までに就職しろ」とか「女の子は○○しろ」とか、絶対に言わない人だ。そういうところ、私は両親を信頼している。

そんな母をも熱狂させる、食器のキャンペーン。おそるべし。

母がなぜ、こんなに「ただでもらえる皿」に固執するのか。たぶん、それは母の両親、つまり私の祖父母が、関西出身だというのが大きいと思う。二人とも学生時代にはこちらに来て、母は東京生まれだ。母も含め、三人ともほとんど関西弁は出ない。だから、普段、彼らが関西出身だというのはほとんどうかがえない。

しかし、血は争えないというか、故郷は捨てられないというか。祖父母の家にも、こういう食器がどっさりある。しかも、年季が違う。何十年も集めてきたから、もっとずっとダサい。昔の人気キャラクターが描いてある皿なんかも堂々と使う。

祖母ともなると、もうここ十年ほどの間にもらったものは「新しい皿」だ。

「今のを使ってから出しましょ。お客さんが来た時におろしましょ」と言って、使おうとさえしない。あれはたぶん、生きている間に使い切れないだろうな、絶対。

「なあ、おかあちゃん、春のパンまつりのシール、何枚かもらえへん？　ちょっとたりへんのやわあ。あ、この間のパンの日のココット皿はもろた？　うちに一枚よけいなんあるから、あげよか」

日頃は絶対に出ない関西弁で、母はそんな会話を楽しげにしている。こころなしか、声が甘い。

そのくせ、「あら、私はお祖母《ばあ》ちゃんほどひどくないわよ。もらったらすぐに使い始めるし、あんなダサくないもん」とか言う。

いやいや、それは食器棚に並べてあるだけで、使ってないのもたくさんあるじゃないか。

「ねえ、パンのシール集めるの、やめにしたら。シールだけを取ってネットで売っている人がいるからそこから買ったら、もっと安いわよ」

数年前、私がメルカリで売っているのを見つけて教えてあげた。

「え、そんなものがっ」

母は私のスマートフォンをわしづかみにした。

一枚の皿をもらうのに二十八点分のシールが必要で、約二千八百円分のパンを買わなくてはならない。だったら、皿二枚分、五十六点分のシールを三百九十八円で買った方がずっとお得ではないか。

しかし、母はまじまじとそれを見つめたあと、「邪道よ」と言って、私にぽいっとスマホを返した。

「これじゃ、お皿二枚、三百九十八円で買うのと同じことでしょ」

「そうよ。でも、その方が五千円以上もパンを買うよりいいでしょ」

実際、この時期は同じメーカーのパンを食べ続ける羽目になるし、シールがたりない時は最後に買い溜《た》めて、冷凍庫で保存したりする。

ばからしい。

「いいえ、普通と同じように消費して、お皿をもらうことが大切なのよ」

いや、すでにその域は越えていると思う。毎年。

まあ、いつも合理的で理性的に動いている、と自分も思っているし、周りにも思われている母に、一つくらい、こういう抜けているところがあってもいいけれど。

そういう微妙に安っぽい皿で朝食を食べている時に、母に尋問された。

「で、珊瑚《さんご》さんはいつまであの店を続けるつもりなの？」

私は返事をせずに、目玉焼きの黄身の固さを調べる振りをして、そこをフォークでつつく。

無駄な抵抗だということはわかっているのだが、迷っているのだ。

もしも、ここで、「どうも、珊瑚さんは古書店を続けるか、やめるか迷っているようだ」などと言ったら、母はどんな反応をするのか。

驚くのか、喜ぶのか、嫌がるのか。

それを間近で見るのが怖い。母が何か企《たくら》むのも怖いし、あまりに、守銭奴めいたことを言ったりしたら、悲しい。

「さあ、どうかねえ」

母の野心は、パンの皿を一枚でも多くもらおうとしているくらいがちょうどいい。

「珊瑚さんに近づく人はいないでしょうね」

「は？」

「美希喜、しっかりしてよ。珊瑚さんが騙《だま》されて財産を取られたり、オレオレ詐欺みたいなのに引っかかったりしないようにちゃんと見張っててよ」

「そんなことないよ。大丈夫だよ。珊瑚さん、しっかりしているし」

「あ、違った」

母は急にはっとする。

「こういう言い方ではいけないって、この間、週刊誌で読んだのよ」

ね」

「最近、優しくて、よくしてくれる人はいない？　珊瑚さんだけでなくて、あなたにも
「え」

私は素直に答えた。

「たくさんいるよ。神保町《じんぼうちょう》の人、皆優しいし、辻堂出版の人も社長を始めとして面倒見はいいし、隣の沼田さんや美波《みなみ》さんも……」

「それよ、それ！」

母は、私の顔を指さした。人を指さしたらいけないって、教えてくれたのは、母、その人ではないか……。

「あのねえ、老人のオレオレ詐欺なんかを予防するためにはね、田舎《いなか》の親に『最近、おかしいことない？　あやしい人はいない？』って聞いてもだめなんだって。皆、そんな人いない、いるわけないって答えるから。だいたい、詐欺師は最初からやばい顔して近づいてくるわけないのよ。皆、優しいいい人のふりをして近づくんだから。だから、『最近、優しくしてくれる人はいない？』って聞くわけよ」

「そんなあ」と言いながら、一理ある、とは思った。

「だから、優しい人、面倒見がいい人の方が要注意なんだからね！　しっかりしてよ、美希喜。優しい人が現れたら、全部、報告、連絡、相談！　ホウ、レン、ソウの精神でね！」

相変わらず、怖い母である。

📖　📖　📖

彼女をなんとか帰したあと、辻堂出版の社長を呼んだ。

さすがに「あたしは鷹島《たかしま》滋郎の妹です」と名乗り、保険証を見せると、彼女はすっかりおとなしくなった。「じゃあ、また来るわ」と口の中でもごもごつぶやきながら帰って行った。その後ろ姿を見て、少しかわいそうになったのも確かだ。

「あれは『さんざし』のママだよ」

辻堂社長が教えてくれた。

「さんざし」というのはやっぱり銀座のバーの名前らしい。あたしはその可憐《かれん》な白い花を思い出し、店名とオーナーの雰囲気がこれほど違うこともめずらしい、と思った。

「彼女はバーだけじゃなくて、都内でいくつか食べ物屋をやっているやり手なんだよ。不動産なんかも、かなり持っているんじゃないか。ここには店に飾るための洋書を買いに来たんだ。滋郎さんはそういうのは、うちの店よりも『北沢《きたざわ》書店』がいいって薦めたんだけど」

辻堂社長はため息をついた。

「ほら、あそこはディスプレイ用の洋書なんかもちゃんと扱っているからね、だけど、彼女、どうしても滋郎さんがいい、滋郎さんが選んだ本を店に並べたいって言い張って……また、滋郎さんもさ、なんの気もなくても優しいだろ、誰にでも……」

あたしは大きくうなずく。

滋郎兄にはそういうところがある。

「気を持たせるって言うか、悪気なくその気にさせちゃうんですよね」

「ああ、北海道でもそうだったんか」

「はい」

「このあたりじゃ、ナチュラルボーンホストって言われてたよ」

ずいぶん、オールドホストだけどな、と言って、わははは、と辻堂社長は笑う。

笑い事じゃない。あたしはめずらしく、一緒に笑えなかった。あたしの浮かない表情を見て、社長も真顔になる。

「あの女、滋郎さんがいろいろ本を用意してやっても、あれがいい、これがいい、とわがまま言ったり、他の店にも置きたいって言ったり、なんやかんや、ここ数年はずうっと滋郎さんに付きまとっていたんじゃないだろうか。また、滋郎さんもはっきり断らないから……」

「それが兄の悪い癖でして」

「だよなあ。しまいにゃ、今日みたいに滋郎さんの彼女だって、まわりに言いふらし始めた」

「あらまあ」

高校時代の再演。なんで、あの人はいつも同じようなことをくり返しているんだろうと、ため息が自然に出た。

「このあたりの人たちはなんとなく察して本気にしなかったんだが、あれは無駄に顔が広いから、噂《うわさ》が広まっちゃってね」

あたしは、「さんざし」のママの顔がうちわのようにぼーんと横に広がった様子を頭に思い浮かべた。それはとても間抜けな絵で、少しすかっとした。

「俺《おれ》も滋郎さんに、断るなら断る、付き合うなら付き合うでちゃんとした方がいい、って一度注意したんだけど……優しいから、はっきり断らないんだな。付き合う相手としては、まったく興味がないときっぱり言っていたが、『あの人もかわいそうな人なんですよ、それに、あれだけの事業をやっている人だから人間としては魅力があるし。いつもおいしいもの食べさせてくれるし』って笑ってたよ。不動産や商売のことで、話が合うこともあったんじゃないだろうか」

「でも、彼女ではないんですよね？」

あたしはそこだけははっきりしたかった。

「それだけは、ない、絶対」

社長は請け合ってくれた。

「内縁の奥さんでも?」

「ない」

「ああ、よかった」

あたしは胸に手をあてて、ほっと息を吐いた。

「だいたい、滋郎さんは」

社長は言いかけたが、あたしがじっと彼の目を見ると、はっとして言葉を飲み込んだ。目のそらし方が気になった。

「なんですか」

「いいや……とにかく、滋郎さんが急に亡くなったことは、ママには伝えなかったんだよ。滋郎さんもあんな女に葬式に来られちゃ落ち着かないし、たまんないだろうって。葬式にはこのあたりの人間だけじゃない、珊瑚さんみたいな親族も来るんだから、あんなのが大騒ぎしてびっくりさせることもないだろう? まあ、完璧に情報を遮断するわけにはいかないが、できるだけ知らせないようにしようって皆で示し合わせてね。そしたら、本当に来なかった。閉店したあとのこのこやってきて、このあたりの人間に尋ね回ったりしたけど『急に亡くなった、店は閉じた』って言ったら納得したみたいだった。あれから一年になるし、さすがにもう来ないだろうって思ってたんだが。というか、正直、こっちもあの人のことは忘れかけてたよ」

悪かったね、言ってなくて、と社長は頭を叩いた。

「いえ、いいんですけど……もう一つお聞きしていいですか」

「なんだい」

「あの人……さんざしのママ、あたしのことを戸越の女って言ったんです。なんでしょうか。どうもその人と間違えてたみたいなんですけど」

「ああ」

「しかも、その人、人の奥さんだって」

社長はまた大きくため息をついた。

「そっちも聞いちゃったか」

「はい」

「それはまた別で……戸越銀座のことだね」

「戸越銀座……」

「『キッチンさくら』の女だね」

さんざしとか、さくらとか、忙しい人だと我が兄ながら呆《あき》れた。そして、家の台所を思い出し、あの白い夫婦茶碗《めおとぢゃわん》の主はその人か、と思った。

「戸越銀座には、国文学の博物館だかがあっただろう」

「ああ、『国文学研究資料館』」

あたしは兄の帳簿の中に、その名前が何度か出てきていることを思い出した。

「そこの女ですか！　国文学の先生か何かですか」

「いやいや、そうじゃなくて。資料館に懇意にしている先生がいて……確か、滋郎さんの大学の後輩かなんかで、滋郎さんはその人に頼まれて本を探したり、納入したりしていたはずだよ。その関係で、何度も足を運ぶうちにその近くの弁当屋だか惣菜屋だかの女と仲良くなったって聞いたよ。亡くなる少し前まで通っていたらしい」

「まあ」

「そうたいした付き合いじゃないよ。相手が結婚していることも滋郎さん、よくわかっていたし、それを別れさせて連れ添うほどの情熱はなかった。さんざしのママが、滋郎さんが自分になびかないもんだから、探偵を使って調べさせて、やっと出てきた名前らしい。ママがここで浮気だのなんだのって大騒ぎしたから私らにもわかったくらいだし」

社長はそう言ってくれたけど、あたしはどうも、その「さくらの女」が、兄の相手なのではないか、と疑った。頭の中に、お弁当屋さんの店先に立つ、白い割烹着《かっぽうぎ》と三角巾《さんかくきん》に身を包んだ女性が浮かび、いかにも、兄が本気になりそうな気がした。

「確かに、何度か滋郎さんがこの街で買ったんじゃない弁当を食べているのを見たことがあるんだよなあ。ここは値段がぜんぜん違う、半額くらいだ、なんて自慢してたからね」

お葬式には来ていましたか、と尋ねると、「さあねえ、俺たちは相手の顔も知らないし」と言う。

「年齢的には少し若いかもしれない。大学生ぐらいの息子がいるって、俺も、ママとのケンカを漏れ聞いて知ったんだけどさ」

二階の社長が漏れ聞くって、いったいどれだけすごいケンカだったのだろう。

「いや、なんだか、下にすごい女が来てるって若い社員が教えてくれて、慌てて降りていったらママがいたんだよ。ケンカって言っても、彼女が一方的に怒鳴ってる感じだったけど」

社長はその時のことを思い出したのか、苦笑した。

翌日、あたしは美希喜ちゃんに店を任せて、その戸越銀座の女に会いにいくことにした。神保町から半蔵門《はんぞうもん》線で渋谷に出て、山手線に乗り換え、五反田《ごたんだ》で降りて、また乗り換える。

戸越に大きな商店街がある、大変な賑《にぎわ》いだ、ということはあたしのような田舎者でもなんとなく知っている。北海道でも情報番組なんかで観《み》たことがあった。

「キッチンさくら」という店は商店街の真ん中のあたりに位置している店で、すぐにわかった。

あたしはさりげなくその前を通り過ぎ、店先を観察した。

たくさんの惣菜をパックに入れて並べていて、片隅に、その惣菜を使ったお弁当もあった。三百九十円均一の揚げ物中心のものと、四百九十円均一の焼き魚が入っているものの二種類だ。

値段は安いけれど、主菜以外にも、きんぴらや煮もの、おひたしがぎっしり入っているのを見て、あたしはさらに確信を深めた。どれも、兄の好物ばかり。ここで弁当を買って帰ったのは間違いない気がした。

しかし、そこにいるのは六十代くらいのおかみさんらしき女性と、同じくらいの歳のパートらしき店員だけ。そのいずれも、兄の相手には見えなかった。奥の調理場に旦那《だんな》さんと息子のような年格好の二人が働いている。

兄の恋人はまだ来ていないのかもしれない。

しかたなく、あたしは店の斜め向かいのチェーン系の喫茶店に入ってコーヒーを頼み、窓際の高いスツールに座ってじっとそちらを見た。

しかし、残念ながら、店にたいした変化はなく、四人が忙しそうにしているばかりだ。皆、慣れているのだろう。お互いはほとんど言葉を交わすこともなく、テキパキと客の相手をし、新しい惣菜が奥から出てくると手早く並べる。

六十代の二人の女性をじっと観察し、万が一、このどちらかが相手なのではないかと考えてみたけれど、どうしたって、そうは見えない。二人ともいい人そうだけど、大学生の息子がいるとも思えない。

三十分ほど観察してわかったことは、たぶん、「キッチンさくら」はとても繁盛しているし、なかなかな売り上げがあるだろう、ということだけだ。客がひっきりなしに来ていて、時には行列ができることもある。皆、気持ちいい働きっぷりで、見ているのは苦ではなかった。

見ているだけで、あたしはこの店がとても好きになっていた。


前日に「明日、ちょっと店番、お願いできる？」と珊瑚さんからＬＩＮＥが来た。すぐに「大学は一限だけですからかまわないですよ」と返事すると、「じゃあ、できるだけ早く来てちょうだい」と返ってきた。

一限の授業を済ませて、指導教員の後藤田《ごとうだ》先生と修士論文の短い打ち合わせをし、「鷹島古書店」に十一時ちょっと過ぎに着いた。

別にいいんだけれども、珊瑚さんは外出の理由を言わなかった。

私が店に着くと、そそくさとコートを着て、バッグを取り出し「じゃあね」と短く言って出て行った。

理由を教えてくれないな、と私が思ったことを、珊瑚さんも気がついていた。彼女の顔色に、どうしよう、という色が一瞬現れ、そして、消えた。一、二、三、と数えられるくらいの沈黙が二人の間に生まれた。絶対に、不自然なことはわかったはずなのに。

珊瑚さんが選んだのはウールのコートと革のハンドバッグだった。ということは、この街から出る、ということだ。普段、ちょこっと近所に外出する時は大叔父が残したワークマンの作業着みたいなジャケットを羽織り、布製のエコバッグを提げていく。きっと気の張る相手と会うのだ。

別にかまわない、と私は幾分、ひねくれた気持ちで思う。珊瑚さんには珊瑚さんの世界があるし、彼女の東京の居場所がここ神保町と、家のある高円寺《こうえんじ》しかないわけではないだろうから。でも、珊瑚さんがここ東京で、私に説明のできない外出をするのは初めてで、どこかもやもやした気持ちになった。

まあ、いい歳をした女がお互い身の上に起きたことを、なんでも報告し合うっていうのもどうか、と私は独りごちて、本を開く。

今日読むのは明治時代に書かれた国文学の歴史書、『国文学全史　平安朝篇』、作者は藤《ふじ》岡作太郎《おかさくたろう》先生。この店の、国文学の棚に差してあったもので二冊組みだ。

正直言って、私は藤岡先生については名前くらいしか知らなかった。

むしろ、校注者である、秋山虔《けん》先生の名前に惹《ひ》かれて手に取った。秋山先生の「源氏《げんじ》物語」についての一連の著作が好きだから。

序文を読んでいると、いきなりおもしろい話が出てきて、私は笑ってしまった。

先生曰《いわ》く、日露《にちろ》戦争のあと、日本がロシアに勝った理由が内外で議論されている。日本人は米を食べるからだろうとか、水をよく呑むからだろうとか、毎日風呂《ふろ》に入るからだろうとか言われているが滑稽《こっけい》だ……と書かれていた。

今現在でも、日本が何かをする度に、欧州、米国、そして、日本自身が言うことはこれと同じだ。経済や、コロナや、ラグビーなんかで。

「百年前からあんまり、日本人もマスコミも欧米人も変わってないんだな」

私は独り言を言い、裏表紙を開いてみた。そこには大叔父の字で、上下巻で六百円という値段がついている。ちなみに、昭和四十六年の復刊当時の値段は一冊千八百円。

「やっすっ」

思わずつぶやいて、これは買い取りにしよう、と思った。

その時、からから、と音がして、外から人が入ってきた。

ちらっとそちらを見て、私は思わず、顔を本で隠す。

全身、黒一色で身を固めた若い男だった。でも、面倒でなんの服を着ていいのかわからないからとりあえず黒で、というダサい黒一色ではない。素材や、同じ黒の色でもトーンを変えて組み合わせている。たぶん、かなりファッションに気を遣っている人だ。それに、髪の色が薄い茶色なので、重苦しくない。そこだけが白い、不織布のマスクが顔をほとんど隠しているけれど、服装とスタイルと目元で、イケメンぽい雰囲気だけは伝わる。韓流《はんりゅう》スターみたい。なんで、こんなにかっこいい人がここに来るんだろう。

私は意識していると思われないように、本に集中することにした。古い活字を追っているとと、どんどん気持ちが楽になる。だいたい、ちょっとしたイケメンがここに来たからといって、私には関係がない。

――われら何の幸か、この昭代に遇《あ》いて、千古未曾《みぞう》有の大戦を見、みずから戦勝国の民と誇ることを得るや。(中略)欧米各国はいずれも瞠若《どうじゃく》として、或《ある》いは驚歎の眼を瞠《みは》り、或いは猜忌《さいき》の色を浮べて、絶東の新進国を見、われはみずからまた意外の成功に、その天佑《てんゆう》か人力かを疑わざるを得ず。(中略)或いは米食を以《もっ》て、或いは水を吞むこと多きを以て、或いは頻繁なる沐浴《もくよく》を以て、優勝の原因なりとするものあれども、これらは穿鑿《せんさく》に過ぎて滑稽に陥るの感なくんばあらず。

読み直してもう一度、笑いがこみ上げてきた時、急に頭の上から声が落ちてきた。

「何、笑ってるんですか」

「え」

そのイケメンが私と本の真上から声をかけてきていた。

「今、本を読みながら笑いましたよね？　なんでですか、何を読んでいるんですか」

少しイライラした声になった。

いや、それよりも。

近い、近い、距離が近い。彼の顔は私のすぐ上だ。

お互いマスクをしていても、この近さはマナー違反だろう。私はとっさに手で遮って、彼から身を遠ざけた。

すると彼は私が逃げると思ったのか、『国文学全史』を取り上げようと手を伸ばしてきた。

「やめてください」

驚いて立ち上がり、彼の手が届かないように本を自分に引き寄せた。

すると彼は自分のマスクを下に少し下げ、顔が見えるようにした。

「僕は今、おもしろい本をさがしているんです」

うーん、と私は心の中でうなった。その言葉の内容より、彼の顔立ちに。

予想していた以上に端整な顔立ちだった。そして、それを自分でよくわかっている。自分の顔を見せれば、大抵のことは許されると信じているのだ。

　こちらもマスクをしていて本当によかった、と思った。なぜなら、実際、少し気を許していたから。その表情に気づかれたくなかった。

「だから、教えてください、その本、なんなんですか。ずいぶん、古そうに見えるけど、あなたが読みながら思わず笑っているのを見た」

　彼の熱意がちょっと怖い、彼の自信も気持ち悪い。

　でも、まあ、店の客だ。いちおう。

「『国文学全史』です」

　私は背表紙が彼に見えるように、少し角度を変えた。

「国文学全史？」

「著者は藤岡作太郎という国文学者です。初版は明治時代に出されていて……」

「明治の本なんですか。そんなに古いのか……」

　今度はちゃんと手を出したので、しかたなく渡す。彼は本を開いて、奥付を見た。

「これは昭和四十六年に秋山虔先生が注釈を加えられた、復刻版です」

「それでも、五十年前の本なのか」

「そうです」

　私は、今自分が笑っていた理由を説明した。

「ふーん」

彼はうなずいた。

話しながら、どんどん自信がなくなって、最後の方は小声になってしまった。人におもしろさを説明するほど、悲しいことはない。

「なるほどねえ」

彼は愛想笑いさえせずに、うなずいた。

「それだけのことです。なんか、すみませんね。期待させて」

「いえ」

彼は私の横にあった、折りたたみ椅子《いす》を勝手に広げるとそこに座った。

誰も勧めてないのに。

「正直、そのおもしろさ、よくわかりませんでした」

だろうね。だから謝ったじゃん。

「でも、そういう人がいいのかもしれません」

「はい？　いいとは？」

何かわからないが、勝手に許可されている。

「今の自分の悩みを解決してくれるのは、あなたのような人かもしれません。僕がまったくおもしろくないことに笑っている、一ミリも笑えないことに笑っている。あなたのような人かも」

何回もしつこいなと忌々《いまいま》しい。

「少なくとも僕にないものを持っているということは確かなようです。僕にはそのセンスは絶対に理解できそうにもないが」

やめて、くり返さないで。

「でしたら、どういうご用件でしょう」

理解できないとくり返されるつらさで、私は尋ねた。

「僕に、何かおもしろい本を教えてくれませんか」

「……図々《ずうずう》しくない？」

思わず、言葉が出てしまった。

「え」

「人をそこまで馬鹿にしたあと、教えろとか、図々しくないですか？」

「僕は本田《ほんだ》奏人《かなと》です」

まるでその名前を出せば、すべての問題は解決する、とでも言うかのように。

「ご存じないかもしれませんが」

その言い方がまた不遜《ふそん》だ。

すみません、ご存じないかもしれませんが……みたいな謙《へりくだ》った態度は皆無。知らないっておかしくない？　とでも、言うかのようだ。

「K文学賞の最終選考に残ったことがあります」

Kというのは大手出版社が出している小説誌である。いずれにしろ、知らんがな。受賞者でもないのに。誰が最終選考通過者の名前まで目を通してる？

「存じ上げません」

「え、だって、ここ、書店さんでしょ？」

「すみませんねえ。すべての文芸誌を読んでいるわけではないので」

なんか気がつくと、嫌みとは言え、彼に謝っていた。

ますます、忌々しい気持ちになった。自分で自分に舌打ちしたい。

📖　📖　📖

四人が働いているのを見ていると、いったい、あたしは何をしに来たのだろう、という気持ちになってきた。

「さんざし」のママと社長の話を聞いて、ついここまで来てしまったけれど、ここで兄の相手の女を見つけたところでどうするつもりだったのか。

東山《ひがしやま》さんに対する返事はまだ書いていなかった。

返事がないことで、彼が傷ついたり、悩んだりしていることをわかっていても、なんと書こうか迷っていた。

だから、兄の相手が結婚している人だというのを聞いて、彼女の顔を一目見てみたい、と思ったのだろうか。

あたしにとって兄は憧《あこが》れの人で、肉親のうちの誰よりも大切な人だった。

その兄もまた、道ならぬ恋をしていたかもしれないと知って、それを確認し、少しでも自分を慰めたり、罪悪感に蓋《ふた》をしたかったのだろうか。

そんなふうに考えているうちに、昼時の弁当を買う人の行列が長くなり始めた。

すると、商店街の中を一人の女性が小走りに駆けてきた。行列をものともせず、おかみさんらしい人に近づき、小さく頭を下げたあと、店の奥に入っていった。明らかに他の客とは違っていた。

あたしははっとして、その人を見つめる。彼女は一度、見えなくなった。

でもすぐ、他の女性と同じように割烹着と三角巾を身にまとって、また、店に出て来た。

その時、マスクをかけながら出てきたので、顔の全体を一瞬だけ見ることができた。

とびきりの美人というわけではないけれど、ほんの少し小麦色の肌にこぢんまりとした目鼻立ちが整っている。一つに結んだ髪に、三角巾もよく似合っていた。

一目で兄の相手だ、と確信した。

あたしはその人を目が痛くなるくらい、凝視した。

あたしは千々に乱れた気持ちで、神保町の駅を出た。

電車の中からＬＩＮＥで美希喜ちゃんに連絡を取ると、「ちゃんと店番してますよ、ごゆっくり」と返事が来た。

少しだけほっとして、そしたら急に空腹に気がついた。

何か食べて、美希喜ちゃんにもお土産を買っていこう、と思った。念のため、お昼を食べて行ってもいい？　とＬＩＮＥすると、「了解！」という元気な熊のスタンプが返ってきた。

さあ、どこにするかな、と考えたけど、なんだか、頭がまわらない。神保町はあまりにもいろんなおいしい店があるから迷ってしまうのと、心身共に疲れすぎて何も考えられない、という二つの理由があった。

こういう時はちまちましたコース料理や定食ではなくて、ささっと何も考えずに食べられる一品料理がいい。まあ、コースを昼から食べられる胃袋も財力もないわけだけど。となると、カレーかラーメンか、うどんか蕎麦《そば》か……。

カレーはいいけど、ここからすぐに行けるカレー屋、ボンディやガヴィアル、共栄堂《きょうえいどう》なんかは今の時間もまだ混んでいるだろう。店の前まで行ってすぐに入れなかったら、さらに疲れてしまいそうだ。今は人がぎっしり入っているような店で食事をしたくない。どこか気持ちが落ち着くような店で、とそこまで考えて、はたと思い当たった。前から行ってみたかった場所を思い出したのだ。

その店は書店の中にあるカフェだった。

書店のカフェというと、大型書店の中にあるスターバックスや、東京堂《とうきょうどう》の中のカフェを思い出しがちだが、他にもいろいろある。神保町ブックセンターの中のカフェも素敵だし、三省堂《さんせいどう》の地下の「放心亭《ほうしんてい》」なんかもそういう一種なのかもしれない。

ブックハウスカフェは、こどもの本専門店の真ん中に席があって、カレーやハヤシライス、ケーキなんかの軽食を食べることができる。何度か前を通る時に、外から見て、気になっていた店だった。

神保町駅の交差点のスーツの店の前を通って、古本屋や出版社が並んでいる道を歩く。するど、立派な石造りのビルが見えてくる。同じ神保町のビルと言っても、うちのビルとはまるで違うなあ、と思いながら中に入った。

奥のカウンターで焼きハヤシライスとコーヒーというメニューを頼んで、優しいグリーンのシートに座った。椅子がぐるりと縦長に、テーブルを囲うように並んでいる。さらに外側に、絵本を中心とした本棚が並んでいた。本を見ながら食べ物を待っていると、気持ちが落ち着いてくるのを感じた。

ふっと思い出した。ここは、辻堂出版の辻堂社長が言っていた、北沢書店のビルの中だ。頭の片隅に残っていて、影響されたのかもしれない。

店内に流れている、ケルトミュージックも心に優しく響く。天井が高くて、そこに太陽と月の天井絵が描かれているのも楽しい。ここに子供の頃来られたら、夢のような場所だったに違いない。

「お待たせしました」

店員の女性がチーズがたっぷりのった、グラタン風のハヤシライスをトレーにのせて運んできてくれた。

小さく、いただきます、とささやいてスプーンを取った。

熱々で、かたまりの牛肉がスプーンで切れるほど柔らかく煮込まれている。ハヤシのルーは少しトマトの風味も感じるデミグラスで、疲れた体に活力が戻ってくるのを感じた。

食後のコーヒーを飲んでいると、すっかり気持ちが穏やかになっているのがわかった。食事のおいしさとともに、子供の本に囲まれていることも大きな要因だろう。

ぼんやりと「あの人」のことを考える。

彼女が加わって、「キッチンさくら」はさらに活力を増したような気がした。彼女が大声を出したり、必要以上に忙しく立ち働いたりするわけではなかったのに、なんだか、店が生き生きと動き出したのだ。

あそこでお弁当を買って帰ってもよかったのに、なんだか、彼女に近づくことができず、そそくさと帰ってきてしまった。左手の薬指に指輪なんかが見えたら、どうしたらいいのかわからない。

だけど、ほっともしていた。とても清潔そうで素敵な人だったから。

コーヒーも飲み終わってトレーごと奥のカウンターまで戻し、ふと、カレーパンというメニューがあるのに気づいた。店員さんに尋ねると、今、ここで焼いてくれるらしい。すぐに「美希喜ちゃんにお土産にしよう」と思って、二つ頼んだ。

温かなパンを下げて、カフェをあとにした。

鷹島古書店に着くと、美希喜ちゃんがレジを挟んで、若い男とにらみ合っていた。

📖　📖　📖

「謝るにはおよびません。でも、その代わり、何かおもしろい本、教えてくださいよ。僕がびっくりするような」

これは果たし合いだ、と思う。

文学部の大学院（劣等）生VS小説家（の卵）の。

頭の中に、浜辺で、彼が私をじっとにらみながら刀を抜き、ひたとこちらに向ける絵が見えた。

「さっき、何か悩みがあるって言ってましたよね」

私も柄《つか》に手をかけた。

「そんなこと、言いましたっけ？」

彼は頭をかく。

という姿が目の前に見えているけど、心象風景では違う。右手で持っていた刀に左手を添えている。いつでも振り上げられる姿勢だ。

「覚えてないなあ」

さっき、何か悩んでいると言ったのは、口をすべらせたのかもしれない。今の彼には何かをごまかしている雰囲気があった。

彼の隙《すき》を見逃さず、私も刀を抜いた。

「言いました。私があなたの悩みを解決できるかもしれないって。それに、仮にも人に教えを請うなら、なんでも包み隠さず教えてくれなくちゃ、答えられませんよ。だいたい、あなたという人を知らないと、あなたにとっておもしろい本なんて、わからないし」

じりっと、右足を半歩分だけ、彼の方に近づけたような感じ。

「ということは、僕という人間に合わせた、おもしろい本を紹介できるという自信があるわけですね」

やぶ蛇だった。ハードルを上げただけだ。それでも、私にはそこは外せない。返事をせずににらみ返した。

「……じゃあ、話しましょう」

彼はため息をついた。

「さっきも言ったように、僕は小説家なわけですが」

卵な、と私は心の中で付け加える。

「最近、なんだか、何を読んでも楽しくないんです」

「ふーん」

「何を読んでも、何を観ても……ドラマや映画ですが……ああ、もう知ってる、わかってる、って気分になるんです。出版社も悪いと思うんです。帯で、『まったく新しいミステリー』とか『読んだことのない結末！』とか煽《あお》っておいて、期待して読めば、どこかで聞いた話ばかり。これはあれとこれと、あっちをつなぎ合わせて、少し変えて書いたんじゃないか、とかすぐにわかっちゃう。驚きの結末！　と書かれたラストがただの叙述トリックということも多いです。確かに、あんまり小説を読んだことがない人なら、驚くかもしれないけど」

「そんなものですかねえ」

「まあ、小説のストーリーって、もう出切ってますしね。新しいネタなんてどこにもないのかな、って思うんです。もう、書くべき小説なんてないんじゃないかって」

「なる……そういうことですか」

なるほど、と言いそうになって、それは彼の言葉に納得したことになってしまうかと、慌てて言い直す。

その時、気がついた。彼の後ろに、珊瑚さんがいて、そっとこちらを見ているのに。音も立てずに入ってきたから、気がつかなかった。

「あ、珊瑚さん、お帰りなさい」

私が声をかけると、彼女はすまなそうに微笑《ほほえ》んだ。

「ただいま戻りました。店番、ありがとうね、美希喜ちゃん」

「あれ、もしかして、あなたがここの店の店長さんですか。この人はただのバイトですか」

本田奏人が言った。

「ただのバイトで悪いですか」

「いえ、美希喜ちゃんはこの店の大切な人です」

珊瑚さんはおっとりと言った。

彼女が現れて、私たちは文字通り、すっと刀を鞘《さや》に収めたようなかっこうになった。

「ごめんなさいねえ。ちょっと失礼」

珊瑚さんはそう言いながら、奏人と私の間を通って、奥のバックヤードに引っ込み、コートとバッグを置き、手を洗って戻ってきた。

「なんだか、お二人が白熱してたから、声をかけるのも悪いかと思って」

「珊瑚さん、どこから聞いていたんですか」

「こちらの、何を読んでも楽しくないんです、のあたりから」

彼女は品良く、奏人の方に手を向けた。

「じゃあ、話が早いですよ。この方、なんだか、おもしろい本を紹介してくれって言うんです。できたら、珊瑚さんから何か紹介してあげてくれませんか」

「いや、それは」

奏人が割って入る。

「僕はこの人に頼んだんだけど」

珊瑚さんも顔の前で手をばたばたと振った。

「あたしはだめ。若い人のことなんてわからないから」

「本に、若いも年寄りもありますか」

私は奏人に向き合う。

「私なんかより、珊瑚さんの方がずっと本を知ってるんだから」

「いや、僕は、その古い本を読んで笑う、意味不明のセンスにかけたんだから」

私たちがまた、刀の柄に手をかけた格好でにらみ合っていると、珊瑚さんが小さい声でつぶやいた。

「カレーパン」

「え」

私たちは彼女の顔を見る。

「とりあえず、カレーパンを食べて考えませんか」

「……カレーパン、ですか。あの、カレーの入っている？」

「そう。お土産に買ってきたのよ」

珊瑚さんがレジ袋を出してきた。

「熱々なんですよ。実は、今、焼き上がったばかりで、ぱりぱりのカリカリのあつあつなの。あとでもいいけど、これ、すぐに湯気でしんなりしちゃいそう。店員さんも、袋の口を閉めてないの」

レジ袋の中では、確かに、赤い紙袋からこんがりきつね色のカレーパンが顔をのぞかせている。

「お話はあとでもいいから、まず、カレーパンを食べてくださらない？」

「いえ、僕は……」

「お嫌いじゃなければ、どうぞ。あたしはもうお昼を食べてきたから」

彼は意外に素直……いや、そういう図々しい性格だからか、あっさり「じゃ、いただきます」と言って、また椅子に座った。

手渡されたカレーパンは本当に熱々で、紙袋がなかったらとても手に持てないくらいだった。油染みがうっすら紙に出ている。それもまた、ごちそうのように見える。

「珊瑚さん、いいの？」

「もちろん、どうぞ」

カレーパンはぷっくりと丸く、カリカリを通り越してガリガリと言ってもいいくらい歯ごたえがあって、中のカレーは本格派の辛口、隅々までしっかりカレーが入っている。

私たちがパンをかじり始めると、珊瑚さんは温かいウーロン茶を淹《い》れてくれた。これがまた、こってりしたカレーパンによく合う。

私はしかたなさそうにカレーパンを食べながら、本当はかなりほっとしていた。

こうして食べている間、一息ついて、彼の言う「おもしろい本」というのを考えることができる。

さらに、私たちが食べている間、珊瑚さんは如才なく奏人に話し掛けてくれた。

彼が問わず語りに語ったところによると、大学在学中から時々小説の投稿を始め、現在もアルバイトをしながら小説を書き続けているらしい。最初の小説が最終選考に残ったので、すぐに作家になれるかと思い、また、周囲も彼をそんなふうに扱うものだから、どこか引くに引けないところがあるようだ。

　珊瑚さんの質問に素直に答えている様子を見ていると、さっきまでの自意識が肥大した作家志望の青年という像は消え、少し自信を失いつつある、迷える子羊に見えなくもない。

　カレーパンを食べ終わると、私は奥の部屋で手を洗い、一冊の本を持って出てきた。

「じゃあ、これ」

　彼に差し出す。

「え」

「あなたが言ってた、おもしろい本。小説」

「なんですか」

「……『お伽草子《とぎぞうし》』ちくま文庫です」

「え」

　彼はその文庫本をぱらぱらとめくった。

「古典ですか……」

　少しがっかりしている感が伝わってきた。

「その中に、谷崎《たにざき》が訳した『三人法師』という話があります」

　私は言った。

「それを読んでみて欲しい」

「僕は新しい、おもしろい話を求めているんです」

古典とは思わなかったな、とまだつぶやいている。

「古典だけど、途中でかなりびっくりします。私は『アクロイド殺し』を読んだ時以上にびっくりしました。何を言ってもネタバレになるから、これ以上は言いません」

「へえ」

彼はやっと興味を持ったみたいで、中を見た。

「御伽《おとぎ》草子は読んだことある?」

「太宰《だざい》のは」

私は、彼が持つ文庫の前に手を広げた。

「ちょっと! 適当に途中から読まないでください。『三人法師』を最初からきちんと読んで欲しい。途中ではっと驚いて、最後はまた、今とはまったく違う価値観に驚くと思う」

彼はしかたなさそうにうなずいた。

「わかりました、これいくらですか」

「三百円」

安いな、と言いながら彼は財布から硬貨を出した。

「驚かなかったら、お代はお返しします」

彼はやっと、にやっと笑った。

「自信があるんですね」

「御伽草子は、今から七百年前から三百年前くらいの間に成立し、誰が書いたのかもはっきりしない物語です。『三人法師』も確か、室町《むろまち》時代ぐらいにはすでにできていたはず」

私は彼にかまわず、話を続けた。

「それなのに、こちらがぎょっと驚くような話がすでにあったんですよ。だったら、新しい小説とか、新しいストーリーとか、新しいミステリーとか、そういうのを求めるのって意味がないと思いませんか。新しいとか古いとかいうところに、小説の必要性はないんじゃないかと思います」

「はあ」と言って、彼はため息をついた。

「これを読んで、もう書くのをやめるか、それとも、また書き出すか、それはあなた次第だと思います。どっちにしても、私たちにはどうでもいいことですから。だけど、新しい筋が考えられないから、という理由でやめるなら、つまらないと思います」

彼はうなずいた。

「なるほど」

「まず、これを読んで考えてみます」

そうして、彼は、珊瑚さんに軽く挨拶《あいさつ》をすると出て行った。

「……すごかったわね、美希喜ちゃん」

珊瑚さんはにこにこしながら、私を褒《ほ》めてくれた。

「いえ、別に……」

「あたしじゃ、とても、相手ができなかったわよ。美希喜ちゃんがいてくれてよかった」

珊瑚さんは彼が置いていった名刺を見ながら言った。そこには本田奏人という名前と、メールアドレスだけが書いてあった。

「……この人は美希喜ちゃんや建文君とは逆ね」

「何がですか？」

「名前よ。美希喜は、ほら、見る聞く、という意味でしょ。でも、奏人というのは……奏という字には楽器を弾くという意味と、申し上げる、話すという意味がある。彼は話す人。だから、あなたとは正反対かも」

「さあ。ただのお客さんですから」

珊瑚さんは彼の名刺を引き出しの中に仕舞った。

「珊瑚さん、あの、今日は……」

私は迷いながら口を開いた。すると、彼女は顔を上げ、こちらを見た。

「……今日は急に悪かったわね。実はあたし……」

珊瑚さんは、彼女に起きたことを、昨日からさかのぼって話し始めた。

第五話

『馬車が買いたい！』

鹿島茂著と池波正太郎が愛した焼きそば

「もしも、本を介してうつる病気とかが出たんだったらどうだったんだろう、って考えていたんです」

私は、少し前に思いついて、でもまだ誰《だれ》にも言っていなかったことをつい口にしてしまった。

目の前のグラスをぐっとあおる。入っているのはフレッシュオレンジジュースだ。

夏になっていた。

じめじめした空気を爽《さわ》やかなジュースが洗い流してくれそうな気がした。

「もう一杯、何か飲みますか？」

店のママが優しく聞いてくれた。

「では、同じものを」

「美希喜《みきき》さんは、お酒だったら、何が好きなんですか」

建文《けんぶん》さんが尋ねてくれた。

「……あまり外では飲みませんが、ウォッカトニックですかねえ。家で父とならウィスキーをちょっと飲むこともありますが」

父はアイリッシュウィスキーが好きだ。

「お酒は好きじゃないんですか」

「飲めないわけではないんですが、強くないので、人に迷惑をかけないようにしているんです。ウォッカトニックは村上春樹《むらかみはるき》さんの本で知りました。味も好きです」

「ああ、なるほど」

「子供の頃《ころ》に『ノルウェイの森』を読んで、お酒と言ったら、ウォッカトニックだと……まあそんなことはいいんです」

私は三杯目のオレンジジュースを受け取りながら言う。

「本を開くと、そこから菌か何かがぶわーっと出てきて、感染してしまう病気なんです」

本を開く動作をしながら説明する。

「そういうのが流行《はや》ってたらどうなるんだろう、ってずっと考えていたんです」

「なるほど。本から人にうつる病気か……怖いですね」

「とりあえず『本病《ほんびょう》』っていう名前にしましょうか。本病は不治の病なんです。風邪《かぜ》のような症状で、若い人は比較的軽くてすむけど、お年寄りには生命の危機になるかもしれなくて、特効薬もワクチンもない」

「どっかで聞いたことがある症状……」

口を開きかけた建文さんを、指先を振って黙らせた。

「人々は自分の家の本を先を争うように処分し、本屋や図書館は軒並み閉店、閉館の危機に陥ってしまう。古本屋はもちろんです。特に古本なんて一番菌が強い、とかなるかもしれない」

「それは、本というものに寄生するウイルスなんですか？　それとも活字に？」

「本ということにしましょうか。例えば、本を綴《と》じているところのあたりから菌がぶわーっと出てくるとか」

「じゃあ、電子書籍は大丈夫なんですね？　ネットの文章なんかも」

「ええ。問題があるのは、紙の本だけ」

「それならいいじゃないですか。新しい本は全部、電書で出せばいい」

私は思わず、首を振る。

「いえ、電子書籍があると言っても、今はまだ紙の本が圧倒的でしょ。電書だけじゃ、ほとんどの作家さんは生活できない。それに本屋さんは軒並み閉まってしまって、いくら電書が出ても、ほとんどの本はネットの中で沈んでしまう」

「確かに大変なことになるな」

建文さんはやっと、ことの重大さを理解してくれたらしく、ため息をついた。

「うちの会社なんてなくなってしまうかも」

「ですよね。研究書とか翻訳小説とか、まだ多くが紙ですから……しかも、本なんて、究極の不要不急だろって言われて、誰も真剣に扱ってくれなそう」

「なるほど。もしかしたら、もう古い本は燃やせってやつが出てくるかも」

「まさに焚書《ふんしょ》ですよ。大学は長期閉鎖ね。本が詰まっているもの。図書館だけじゃなくてあらゆるところに。神保町《じんぼうちょう》は一時ロックダウンが必要になりますね。ゴーストタウン化してしまったりして」

「しかし、空気を介するウイルス性の病気と違って影響はごく一部ですから、政府の援助などはむしろ、届きやすいかもしれません」

急に奏人《かなと》が口を開いて、私と建文さんはそちらを見た。四人がけのテーブル席の窓側に私と建文さんが向かい合わせに座り、奏人は一つ席を置いて、いわゆるお誕生日席に座っている。

「書店や出版社に集中的に金を出せばいいわけです。図書館はほとんどが公立で、もともと営利目的ではないわけですし」

彼の意外と冷静な判断に私はちょっと感心した。

「確かに、そういう一面もあるか」

私は思わず、うなずく。彼は思っていた以上に実利的な性格なのかもしれない。

すると、建文さんがこほん、と咳《せき》をした。

「あの、奏人君、時間大丈夫？　さっき、月末になんだか締め切りがあるって言ってなかった？」

今日は建文さんが前々から「神保町の文壇バーに行ったことがありますか？　古本屋さんが経営している場所があるので、他の本屋さんや編集者さんと知り合いになれるかもしれないし、行きませんか」と誘ってくれていた店に来ている。

しかし、閉店前にたまたま来店していた奏人が、私と建文さんが話しているのを聞きつけ「僕もちょっとだけ、ご一緒してはいけませんか。今月末に締め切りがあるので長居はできませんが、ぜひ、行ってみたい」とついて来たのだった。

別の店で軽くご飯を食べた後、やってきたのは神保町の文壇バーHだ。

あまり広くない店内に、カウンターと二つのテーブル席がある。置いてある調度品の一つ一つがこだわりを感じさせ、くつろぎと懐かしさが同時に存在する、そんな店……。

「大丈夫です」

奏人はすました顔で言う。

「まあ、もともと、締め切りと言っても、文学新人賞の応募締め切りなので、出すも出さぬも僕次第ですし」

「ああ、そういうこと」

建文さんはため息をついた。

「……だから、影響はそこまでないかもしれません」と奏人が言ったのは、締め切りのことではなくて「本病」についてだろう。

「いや、ことはそこまで単純じゃないですよ」

建文さんが反撃開始、といった雰囲気で言い返した。

「まず、ごく一部の産業のみが被害を被る事態に政府が今のような援助を出すかどうか……」

「ああ」

「例えば、昔、狂牛病が流行った時、焼肉屋とかかなり倒産したはずですけど、どうだったでしょうね？　僕も今、確かなことが言えるわけではないですけど、政策金融公庫から出るような通常の資金以外の融資が用意されたのかどうか。あの頃、チェーン系の牛丼屋《ぎゅうどんや》なんかも牛丼をやめたりしてたんですよ。子供だったけど、大騒ぎになったのを覚えています」

「私は小さかったので、そこまではっきりは覚えてないです」

私が言うと、奏人もうなずいた。

「それに、そこまで限定的な感染経路の病気だからこそ、あまり研究が進まない、という可能性もあります。少なくとも今ほどは。本屋や図書館だけ閉めればいいわけですから。ワクチンや特効薬の開発がこれほど早くできるかどうか……」

「確かにねえ」

私は両者の意見がどちらもごもっとも、で感心してしまう。

「いや、僕はそういう病気だからこそ、世界中の英知が集まって研究が進むと思いたいですね。本は文学だけではありません。医学であれ、物理学であれ、現在、研究者である人間が子供の頃から一度も本に関《かか》わらなかったわけがないのですから。たとえ多少研究費が足りなくたって、頑張ってくれるのではないでしょうか」

「根性論ですか。それでうまくいくならいいですが、ワクチン開発にはお金がかかりますから、そう楽観できないですよ」

二人が軽くにらみ合っているのを見ながら、私は言った。

「一番怖いのは、そうしているうちに、だんだん皆がその生活に慣れてしまうことです。本がなく、本屋がなく、図書館が閉まっている世界に。もちろん、さっきも言ったように電子書籍やネット資料は活性化するかもしれません。それでもういい、ということになって、なんとなく少しずつ本がなくなっていく……」

二人はやっとにらみ合いをやめて、確かに、というようにうなずいた。

出版社社員、小説家志望、文学部大学院生というメンツである。趣味や程度の差こそあれ、本に依存している毎日だ。

「……ひどいし、寂しい世界」

私は静かに、世界から本がなくなっていく様子を思い浮かべた。

「文化は分断される。『本病』の前と後と」

「いつかはきっと、特効薬やワクチンが開発されるでしょう」

建文さんが優しく、慰めるように言った。

「ええ、だけどその時には」

私は声が震えるのを感じた。

「もう、人は皆、本を欲していないかもしれない」

「でも物語は失われない。人には物語というものが必要です。生きていくために」

奏人がつぶやいた。

「そうだろうか」

建文さんがこちらには冷たく言い放った。

「物語の発表の形は小説の他にもあります。演劇、映像や、音の世界がさらに活性化するかもしれません。今以上にネトフリやアマプラみたいな映像のサービスは増えるだろうし、私たちが今はまったく思いつかないような表現方法が生まれるかもしれません」

今夜の彼は両極端だ、と思う。優しくなったり、冷たくなったり。いったい、どうしたんだろう。

「別に小説でなくてもいいとなるんじゃないですか。あなたも、物語さえ生み出せて、それがお金になるならいいって思うかも」

そう、この辛辣《しんらつ》さだ。

「さあ、仮定の話を言われても、なんとも」

私はバッグをかき回して、ハンカチを取り出す。それを使うのを見て、建文さんは初めて私が泣いていることに気がついたらしい。

「もう、そんなこと言わないで」

「すみません。僕、そんなつもりじゃ」

「いいの。だって、元はと言えば、私が言い出したことだもの」

すぐに涙は引っ込んだのだが、建文さんはおろおろしている。

「参ったな。さあ、泣き止《や》んでください……そうそう、その椅子《いす》はあのドナルド・キーン先生も座った椅子なんですよ」

「え！」

私は思わず、自分のお尻《しり》の下を見下ろす。

「本当に？」

驚いて、涙が引っ込んだ。

「そうです、ですよね、ママ？」

建文さんがカウンターの中のママに確認する。

「……そうです、ふふふ」

「えー。それを早く言ってくださいよ」

私はぼよん、ぼよん、とその椅子の上で身をはずませた。

気持ちは少しだけ晴れた。

📖　📖　📖

あたしが「鷹島《たかしま》古書店」を兄から受け継いで、店を開けてから半年以上が経《た》った。美希喜ちゃんも同じだけの経験を積んだことになる。

それでも未《いま》だに、美希喜ちゃんはともかく、あたしはまごまごしているし、兄の蔵書はまだ膨大で、まったく減ったようにも見えなくて困る。

東京の夏というものはとんでもないから、気をつけろ、と東京の人たちは口々に言う。北海道からも皆、心配の連絡をよこす。

店に出入りする人はとにかく、「水を飲め」「家にいる間は冷房をつけろ」「寝る時も冷房を切ってはいけない」と挨拶《あいさつ》代わりに言う。おかげでまだ熱中症になったりはしないけど、八月に入ったらまた種類の違う暑さがやってくると言われているから、用心している。

皆の仰せの通り、あたしは高円寺《こうえんじ》の自宅に帰るとまず、冷房をつけた。

東京の人は「北海道じゃ、冷房なんて使わないいんでしょう」と言うが、そんなことはない。帯広《おびひろ》も二十年くらい前、馬鹿に暑い夏があって、その頃から一般家庭にも冷房が普及した。それでも、当時は「冷房をたく」というような言い方をする老人がいたほど、クーラーに慣れていなかったけれど、この頃は夏に三十度以上になる年が多くなってしまった。昔はからっと晴れていて、でも涼しい、本当に過ごしやすい日が続いたのに、曇天の日も多くなった。

美希喜ちゃんなどは「一日中冷房をつけっぱなしでも、電気料金はそう変わらないんだって。うちのお母さんなんかはそうしてる」と言うが、やはり、家にいない時に、がんがんクーラーを回しているというのは昔人間のあたしにはできない。

汗まみれの服を着替え、シャワーでざっと汗を流すと、簡単な夕食をとった。

これまた、「ちゃんと食べろ」とあらゆる方面から言われる。しっかり栄養のあるものを食べないと、東京の夏には太刀打ちできないらしい。

味噌汁《みそしる》を作って、冷凍ご飯を温め、冷蔵庫からぬか漬けを出した。

ぬか漬けは梅雨《つゆ》の頃から始めた。駅前スーパーの店員さんに、パックに入ってそのまま冷蔵庫に入れっぱなしで漬けられる、発酵ぬか床を薦められたからだ。

「これね、あんまり、大きな声じゃ言えないんだけど」

実際、彼女は一瞬周りを見回してから、まるで、国家機密を告白するみたいに言った。

「野菜を入れたら、しばらく冷蔵庫に入れっぱなしで、あまりかき混ぜずに、じっと保管してた方がいいの」

なるほど、青果コーナーの店員が大声でこんなことを言ったら、どこから槍《やり》が飛んでくるかわからない。

「え？　ぬか漬けなのにかき混ぜないの？」

実は、実家ではぬか漬けはやっていなかった。地域によるが、北海道は温度が低いし、ぬか漬けを作る家はそう多くなかったように思う。それでも、基礎知識としてぬか床＝毎日かき混ぜる、というイメージだけはあった。とても手間がかかるものだとも。

「一年目の夏の間くらいはね、あまりかき混ぜなくて大丈夫。野菜を取り出す時にちょっとかき混ぜるくらいの方が少し酸味も出て味もなじむ気がする。あくまでも、私の好みだけど」

「へえ」

「あとね、最初は発酵が進んでなくて物足りなく感じるかもしれない。でも、そこでおいしくないってやめないで。気に入らなかったら、少しうま味調味料と醬油《しょうゆ》をかければ、野菜はなんでも食べられるから」

思わず笑ってしまったけど、彼女のアドバイスに従って、適当に管理していると、七月に入ったくらいからほどよく酸味も出て、おいしくなってきた。もう、うま味調味料も必要ない。

「お肉や魚も食べなさい」とは辻堂《つじどう》社長のアドバイスだ。宇野千代《うのちよ》先生も丸谷才一《まるやさいいち》先生も、晩年までお肉をよく召し上がってお元気だったそうだ。でも昼間、お店の周囲で外食したり、テイクアウトを買ったりする時心がけて肉を選んでいるから、夜はこれで十分だ。さらさらとかきこむように食べ、残った味噌汁は粗熱を取って、朝食用に冷蔵庫に入れた。

今頃、美希喜ちゃんたち、若い人たちはバーでお酒を飲んでいるはずだ。建文君が数日前から彼女を誘っていた。

あたしも誘われたけど、そこは遠慮しておいた。彼が美希喜ちゃんと二人で話したいというのは、傍《はた》から見ていてよくわかった。

どうも建文君は美希喜ちゃんに好意を持っているらしい。けれど、彼女の方は気がついていない。あたしは側《そば》から余計なことを言わないようにしていた。うまくいかなかったらお互いに不幸だから。

ところが、出がけに小説家志望の奏人君が現れて、「一緒に行きたい」と言い出したものだから、建文君は苦虫をかみつぶしたような顔で出て行ったけど、どうなったことか。

美希喜ちゃんは嬉《うれ》しそうにるんるん、建文君は喜怒哀楽が入り交じったような複雑な顔、奏人君は無表情、という三人三様の顔を思い出して、あたしは食器を洗いながら、思い出し笑いをしてしまった。

いけない、他人の恋路を笑うなんて、とふと気がついて笑いを引っ込める。

簡単な片付けものをした後、あたしは二階に上がり、滋郎《じろう》兄が使っていた机に向かって、東山《ひがしやま》さんに対する手紙の返事を考えた。

一度、梅雨の前に簡単な返事だけは送っていた。身の回りの様子と元気である旨を伝え、今は忙しくて落ち着かないので、また、改めてお返事します、と断りを入れて出した。

彼からは大雪山《だいせつざん》の絵はがきで、これまた簡単な返事が来て、往復書簡は終わった。

その後、ずっと彼への返事を書きあぐねている。

あたしは神保町の三省堂《さんせいどう》の文房具コーナーで選んだ便せんを広げて、頰《ほお》に手を当ててため息をついた。

建文君のことを笑えない。自分は手紙一本、書けないのに。

しかし、今日こそは返事を最後まで書かなくてはならない。

東山権三郎《ごんざぶろう》さま

ご無沙汰《ぶさた》しております。

お元気でお過ごしでしょうか。

こちらも、なんとか、東京に慣れて参りました。

引き継いだ兄の古書店ですが、甥《おい》の娘、美希喜ちゃんという大学院生が手伝ってくれています。

古書店の上には、「辻堂出版」という出版社がありまして、社長を始めとして、ここの社員さんたちがいろいろ助けてくださいます。

隣はカフェと、うちと同じような古書店で、これまた何かと世話を焼いてくださいます。


昨日までに書いたのはここまでだ。これだけのことを書くのに一週間もかかってしまった。

そこから、あたしの筆は、うんともすんとも言わない。

まるで、あたしが筆無精の不義理な人間、と思われそうだけど普段はそうじゃない。むしろ、筆まめで手紙は書くのも、もらうのも大好きだ。北海道の女友達とは、最近はメールも多いけれど、幼なじみの和子《かずこ》や仕事仲間だった鈴子《すずこ》さんとは頻繁に手紙をやりとりしている。

東山さんだけだ、こんなに手が止まるのは……それを今日こそは、と無理矢理動かす。

まあ、ダメだったらあとで削ればいい。これは下書き、と割り切ろうと思った。


店には兄の残した本がたくさんあり、高円寺の家にもどっさりと蔵書があります。

今はとにかく、これを店頭に出し、少しでも整理しようと努力しております。しかし、売れるのは毎日ごくわずかだから、まったく減ったふうにも見えません。困ってしまいます。

——困ってしまいます、と自分で書いてからはたと考えた。

あたしは本当に困っているのだろうか。

北海道から逃げるようにやってきた。最初はただただ、亡き兄の店を開け、なんのゴールも決めずに在庫を処分しようと始めた。

けれど、今は？

いや、こんなことを考えていたらぜんぜん先へ進まない。その気持ちは心の端にいったんのけて、手紙の続きを書かなければ。

でも、東京はやはりなかなか住みよい町だということは認めないわけにはいきません。特に、独り者には……。食べるものもおいしいものがたくさんありますし（もちろん、北海道もそうですけれども）、仕事の帰りにデパートに寄ったり、映画館に行ったり、色々楽しみがあります。近くには美術館も多く、気軽に立ち寄ることができます。また、町の人や美希喜ちゃんに誘われて、小さな劇場に演劇を観《み》に行ったり、落語を聞きに行ったり……もしかしたら、あたしは久しぶりの……いえ、生まれて初めての青春を過ごしているのかもしれません。

最近は神保町や高円寺だけでなく、他の町に行くことも覚えました。特に好きなのが戸越《とごし》という町で、東京で一、二を争うほど大きな商店街があります。この商店街というのがまた、東京らしい風景だなあと思うのです。たくさんの細々とした店が連なっていて、歩いていて飽きません。たった三百九十円でお弁当が買える惣菜屋《そうざいや》があって、味もいいのです。歩き疲れたら、あたしはその店の前の喫茶店に入ってぼんやりその店を眺めます。皆、きびきびと働いて、それを見ているだけで気持ちが穏やかになってくるのです。

この店には「タカコさん」という人が働いています。

そこまで書いて、はっとした。

いったい、何を書いているんだろう。東山さんには何も関係ないのに。あたしは「この店には『タカコさん』という人が働いています」と書いたところを一度、二本線で消した。

でも、しばらく考えて、また同じ文を横に書いた。

避けられないのだ。

だって、兄の死、東山さん、東山さんの奥様、そして、タカコさん、あたし、鷹島古書店、北海道、美希喜ちゃん……皆、つながっているのだから。


この店には「タカコさん」という人が働いています。

なぜ、タカコさんという名前だとわかったかと言うと、あたしは何度も通って、お店の人が彼女のことをそう呼ぶのを聞いたからです。字はまだわかりません。貴子なのか、孝子なのか、多佳子なのか……。

いずれにしろ、タカコさんは素敵な人です。たぶん、年齢は五十くらいでしょうか。でも、今の人は若く見えるから、四十代にしか見えません。少し日に焼けていて、でも、それがまた彼女のきりっとした顔立ちを引き立てています。

タカコさんは夜八時には店を上がります。もう、お子さんは大学生だから、そう早く帰らなくていいそうです。

名前だけでなく、なぜ、そこまで知ったかと言うと、タカコさんが仕事を上がるのを確認して、あたしはコーヒーを飲むのを切り上げ、彼女の跡をそっとつけたことがあるのです。

そして、同じ商店街の中にある青果店ですれ違いざま、さりげなく会釈しました。すでにその時は、何度か、惣菜屋で買い物をした後でしたから、彼女も「あら？」という顔をして挨拶してくれました。そこであたしは自分のわずかな演技力を目一杯使って、その時初めて気づいたようなふりをしました。

「あ、あなたは、『キッチンさくら』の方よね？　そうでしょう。どこかであった方だと思って、ついご挨拶してしまったわ」

あたしは自分で自分をあざ笑うように笑いました。これはうまくいきました。実際、こうして彼女の跡をつけるような自分に呆《あき》れてましたから。

「いつもありがとうございます」

きっと、そんなふうに声をかけられるのは慣れているのでしょう。彼女は物怖《ものお》じせず、如才なく答えてくれました。

「今、お帰りですか？」

「そうです。さっき上がりました」

とても感じがいいんです。あたしが目論見《もくろみ》を持って近づいたのも知らずに……。

「お疲れ様。こんな時間で、お子さんは大丈夫？」

「はい。もう、下の子も大学生ですから」

「そう。それはいいわね」

そして、「じゃ、失礼します」とお互い言い合って、あたしたちは別れました。本当はもっと話したかったのですが、そのくらいの会話が顔見知りの店員さんとする精一杯だと思ったのです。

でも、おかげであたしは、彼女にもう大学生になるような大きなお子さんが二人以上いるのだということがわかりました。指輪はされていませんでした。彼女の指は荒れたりしていませんけれど、大きくゴツゴツしていて、これまで一生懸命働いてきた指でした。


そこであたしはいったん筆を止め、ちょっと息を吐いて心を整えた。

そして、勇気を出してまた書き出した。


いったい、なぜ、こんな、家からも職場からも離れた場所の、小さな惣菜屋のパート女性のことを長々聞かされるんだとお思いでしょうね。

実は彼女は、亡くなった滋郎兄の想《おも》い人じゃないかと考えています。いえ、たぶん、そうです。

あたしはひょんなことからそれを知りました。しかも家庭のある方だと。

彼女を追いかけることで、何か答えが出るんじゃないかと思ったのです。

東山さんから思いがけないお申し出を受け、あたしはとても

そこから手が止まってしまって、小一時間ほど何も書けなかった。

あたしは諦《あきら》めて、万年筆のキャップをはめ、目頭をもんだ。

時計を見ると、十二時を過ぎていた。古書店の朝は早くないし、歳《とし》をとってあまり睡眠時間を必要としなくなったと言っても、もう休まなければならない。

📖　📖　📖

今日は朝から、後藤田《ごとうだ》先生の中古文学の講義があり、その後続けてゼミとなっている。私は小さな講義室に入り、一番後ろの席に座った。この講義は、学部生と院生の両方が受けられる授業で、十人ほどの受講生がいる。とはいえ、学部生が中心で私のような院生は端で肩身狭く、そっと参加している感じだ。

講義のテキストは『堤中納言物語《つつみちゅうなごんものがたり》』の「このついで」だった。

この物語は地味な話なので、『堤中納言物語』の他の物語、「虫愛《むしめ》づる姫君」や「はいずみ」に比べると少し知名度は落ちる。けれど、先生の話を聞いていると、それらの明るい物語とは違った魅力が見えてきた。

帝《みかど》の妻である中宮（もしくは女御《にょうご》）のもとに、その弟である中将が訪ねてくる。無聊《ぶりょう》をかこっている（つまり、最近、帝の気持ちが離れている）姉を慰めるために良いお香を持ってきたのだ。彼女を慰めるため香を焚《た》きながら、その場にいた人たちの中で中将と女房の二人は、中宮が手持ち無沙汰だから何か話でもしましょう、という流れになるが……。

途中で、これは前に奏人に薦めた「三人法師」と同じ構造の物語だと気づいた。人が集まったところで三人がそれぞれに話をする、というプロットだ。

後藤田先生の声を聞きながら、そういえば彼、あの後、そのことについてはあまり触れてこないな、と少し不満に思う。

別にいいけどさ、お礼くらい言ってもいいじゃない。

数日前に行ったバーで「本病」について話したら、帰り際、「今の話、使わせてもらってもいいですか」とせき込むように言われた。

「今の話？」

「本病のこと。次の小説に書いてもいいですか」

「別にいいけど……」

「SFっぽく、本病のことを書いてみたいんです」

「かまわないけど、SF、書いたことあるの？」

「ないけど」

「いろいろちゃんと調べた方がいいよ」

「本病が流行って三十年後、やっと終息してから、完全に封印していた図書館を開くというところから話を始めたらどうかな。いや、『うたかたの日々』を思わせるような話にするか……」

彼はもう私の方はほとんど見ていなかった。私に話しかけているという意識さえ飛んでいるみたいで、店を出るとぶつぶつ言いながら、ろくに挨拶もせずに帰って行った。

「なんだったんだろう。僕、何か、失礼なことでも言ったかな」

途中まで送ってくれた建文さんが気にしていたけど、「あの人のことなんて、まったく気遣う必要ないですよ！」と少しつんけんして言ってしまった。あれは、建文さんは関係なく、奏人のせいなのに悪いことした。

いや、あの夜の思い出を奏人のために汚すことはない。とっても楽しかったんだから。

ドナルド・キーン先生もお掛けになった椅子に座れたし。

あの後、カウンターに座っていた編集者さんたちが帰って、ママから「こちらに移りません？」って言ってもらって、さらに皆で話したんだった。

建文さんがいろいろ聞いてくれて、ママが神保町の話をしてくれた。

「神保町の喫茶店というと、やはり、ミロンガ、ラドリオでしょうね」

「ミロンガの前身、ランボオでは結婚前の武田百合子《たけだゆりこ》さんがアルバイトしてたそうですね」

「あの頃は、三島由紀夫《みしまゆきお》、遠藤周作《えんどうしゅうさく》、吉行淳之介《よしゆきじゅんのすけ》とそうそうたるメンバーが通っていたんですよ」

「ひゃー」

「神保町のいわゆる文壇バーというのは今はどういう状況になっていますか」

「有名なところでは、『人魚の嘆き』と『燭台《しょくだい》』という店がありましたが、今はどちらも閉店してしまって……」

そんなことをポツポツ話してもらうのは、素敵な時間だった。

あの話はまた改めて聞きたいな、と思う。

喫茶店やバーを経営するのって素敵だなあ。私もちょっと憧《あこが》れる。「鷹島古書店」でお客さんにお茶を出したりして、本の話をするのはとても楽しいし、もっと何かできないかしら……。

「……鷹島さん、鷹島さん！」

ぼんやり考えていると、後藤田先生の声がして、はっと顔を上げた。

「はい」

「『このついで』は三人の人物が順番に話を披露していく、古典によくある構造ですが、最後にがらりと状況が一変しますね。この展開をどう思われますか」

「え」

この授業は学部生中心で院生が指されるようなことはほとんどないし、第一、後藤田先生はほとんど学生を指名しない。テキストは昨夜、一度ざっと目を通していたけど、先生の言う状況の変化にはまったく気がつかなかった。

「あ、ええと……わかりません」

うっかり読み飛ばしてしまったのかもしれない。

「すみません」

小声で謝ると、先生はこちらを見て瞬《まばた》きをした後、ため息をついた。私以外にはほとんど誰にも気づかれないくらい、ごく小さな吐息だった。

「……最後の一文ですね。この話は最近、帝が部屋に来ない中宮を慰めるために、何か話をしましょう、という体《てい》で始まっています。しかし、最初の一つはかろうじて明るい未来を予測させる内容だったものの、あとの二人がする話はどんどん陰鬱《いんうつ》になり、しんみりとした雰囲気が漂います。ところが、最後、『上渡らせ給ふ御《み》けしきなれば』とあり、帝が急に来られるのです。もう帝の気持ちが離れてしまっている中宮の部屋の鬱々《うつうつ》とした状況、それはどんどん重くなってくるのに、たった一文、十六文字でがらりとすべてが変わる。現代小説でもなかなかない、見事な構造と言えましょう」

その後、ゼミも終えて、教室から出ようとするところを先生に呼び止められた。

「先ほどは……」

思わず謝ろうとすると、先生の方が「さっきは失礼しました」と言われた。

「いえ……」

「鷹島さんは物語のプロットを読み取るのがお得意と思いましたので、ついどう感じたかと気になって、お尋ねしてしまいました」

私に恥をかかせた、と詫《わ》びているのだ。それが情けなくて、自然、下を向いてしまった。

「ただ、最近、鷹島さんは少し、授業に身が入ってないのではないですか」

「はあ」

「学内や図書館でもあまりお見かけしませんし」

それはそうだ、授業やゼミが終わると、すぐに「鷹島古書店」に直行しているのだから。

「昨年も申しましたが、修士の期間はたった二年です。昨年提出していただいた『夜半《よわ》の寝覚《ねざめ》』のレポートは素晴らしいものでしたが、修士論文はあれを超えることができそうですか」

先生に言われなくてもわかっていた。確かに、研究の方はお留守になっている。

「褒《ほ》められたから、あれにちょっと足しただけで、修士論文を終わらせられると思っているのではないでしょうね」

図星を指されて、私は返事ができなかった。

「それだけでも修了はできるでしょう。でも、せっかくの、二年の院の時間はなんのためだったんでしょうか」

日頃穏やかで、厳しい叱責《しっせき》などしない先生の言葉に、私は体中から血の気が引くのがわかった。

私が何も言えないのを見て、先生の方が自分の言ったことの厳しさに初めて気づかれたようで、「いえ、昨年がすばらしかったので、つい出過ぎたことを言ってしまいました。失礼しました」とまた謝られた。

📖 📖 📖

目の前で本を選んでいた建文君がはあっとため息をついて、自分が見ていた本をぱたんと閉じた。

目の前と言っても、レジのところにいるあたしと彼との間には二メートルくらいの距離がある。レジ台と本棚の間には人が通れるくらいの通路があるから。しかし、それくらい離れていても聞こえるようなため息だった。

「珊瑚《さんご》さんはあの青年についてはどう思いますか」

「え」

あたしはあたしで、数日前に書いた、東山さん宛《あて》の手紙のことを考えていたから、急に言われて驚く。

「あの青年?」

手紙は三日前、ポストに投函した。すでに彼の元に届いているだろう。

「あの青年ですよ」

今時、建文君くらいの歳の人が「青年」っていう言い方はない、とおかしくなった。漱《そう》石《せき》の時代の人みたいだ。

「あなただって青年じゃないの」

「あ、失礼しました。僕より若いから青年と言ったんです。少年と言うわけにはいかないし」

「それはやっぱり、奏人君のこと？」

建文君は本を棚に戻し、あたしの方にぐいぐいと歩いて来た。あまりの勢いに彼の服にぶつかって本が落ちないかと心配になったくらい。

「やっぱりって……珊瑚さんも彼のこと、気になってましたか！」

「いえ、気になってるって。最近、新しくうちに来るようになった若い人といったら彼くらいしかいないし」

「どのくらい来てます？」

「さあ、週に二、三度かしら」

「じゃあ、ほとんど一日置きに来てるってことか」

「彼、この近くの出版社に出入りしているし、『さぼうる』や『伯剌西爾《ぶらじる》』で原稿書いたりしてるらしいから」

「『さぼうる』はともかく、出版社は眉唾《まゆつば》ですよ。彼、まだ小説家じゃないじゃないですか」

さぼうると伯剌西爾はやつの手に落ちたか……僕のお気に入りのトロワバグに来たら許さないからな、とつぶやく。

どれも、神保町の有名喫茶店だ。

「さあねえ。なんだか、大学の同級生がいるんだか、ネットの……何かで知り合った人に誘われただか、言ってたわよ」

「ふーん」

「ネットにも小説を載せているんだって」

「ふーん」

「最終選考に残った小説を、その編集者さんの下で直しているらしいし」

「つまりは、まだ、作家志望の若者ということですよね。海のものとも山のものともつかない」

「あらあら。今日の建文君はずいぶん手厳しいのねえ」

あたしははははは、と笑って、お昼はもう食べたの？　と尋ねた。

「いいえ、まだ……ああ、そろそろ行かなくちゃ」

彼は時計を見上げながら言う。あたしの頭の上の時計の針は、十二時二十分を指していた。

「辻堂出版」のお昼休みは一応、十二時から十三時までだが、そこは出版社。昼はちゃんと食べなくちゃ、豊かな人間になれない、と辻堂社長が号令をかけていて、前後、三十分くらいは早まっても遅くても文句は言われないのだそうだ。実質、二時間近い昼休みが許されている。ちゃんと上司に断れば、十二時から二時なんていうことも許されるらしい。もちろん、作家との打ち合わせを兼ねたランチなどということになれば、時間の制限はない。

「じゃあ、あたしのお昼も買ってきてくれたらおごるわよ。一緒にここで食べましょうよ」

「いいんですか」

「ほら、そこの中華の……揚子江菜館《ようすこうさいかん》の上海《シャンハイ》式肉焼きそば、買ってきてくれない？　今、あれを食べたい気分なのよねえ。建文君も良かったら同じのを……」

「あれですね、池波正太郎《いけなみしょうたろう》がお気に入りだった焼きそば！　食べてみたかったんですけど、ちょっと高いからまだだったんですよ」

急に、笑顔になる。やはり、食べ物の力は偉大だ。

あたしは引き出しから自分の財布を出すと、三千円を彼に渡した。

「上海炒麵《チャーメン》は、硬い麵《めん》と柔らかいのが選べるの。基本は柔らかい麵をちょっと焼いた上にもやしや豚肉を炒《いた》めたものがのっているんだけど、硬い方はぱりぱりした、いわゆる揚げ焼きそばの麵で、同じ具材のとろみがついたあんがのっているの」

「へえ」

「でもあたし、柔らかい麵にあんをのせたのが好きだから、それを頼んでくれない？」

「そんなことできるんですか」

「頼めばやってくれるのよ。ちょっとした裏メニュー」

「じゃあ、僕は硬い麵にします」

少し元気になったようで、彼の後ろ姿は軽かった。

お昼の前に少し体を動かしておこう、と思って本の整理をしていると、店の電話が鳴った。いったい、何事かと思って取ると、今出て行ったばかりの建文君だった。

「珊瑚さん！　持ち帰りの場合、柔らかい麵にあんはのせられないってお店の人が言うんですよ。べちゃべちゃになっちゃうから」

「あらま」

「柔らかい麵にあんかけじゃない、普通の具材でいいですか」

「もちろん、それでいいわよ」

揚子江菜館は人気店だから、持ち帰りでも多少時間がかかる。二十分ほどしてやっと戻ってきた。

「珊瑚さんの注文の通りでなくてごめんなさい」

「いいのよ。こちらこそ、面倒なことを言って、気を遣わせたわね」

せっかくだから、別皿を出して、半分こにしようか、とどちらからともなく言い出して、あたしはバックヤードから取り皿を出すと、食べる前に分けた。

揚子江菜館ではいつも店内で食べていたから、テイクアウトを頼むのは初めてだ。テイクアウトでは、こういう麵類などは丸いプラスチック容器などに入っているのが普通だと思うのだが、ここはまったく違う。硬い麵はスナック菓子のようにビニール袋に入ってているからあんをかけるまでずっとぱりぱりだ。よく考えてあるなあと感心してしまう。その上にかけるあんかけのあんと、柔らかい麵の炒麵は、四角い折箱にきっちりと詰められ、包み紙でくるまれている。何もかも、老舗《しにせ》らしく、丁寧で、少し風変わりだった。

まずは柔らかな麵の方から手をつけたのだが、細麵を軽く焼いてあって、豚肉、もやし、タマネギなどの野菜を炒めたものがのっている。シンプルな料理に見えて、深いコクと味わいがあった。

「おいしいですね」

焼きそばを頰張った建文君が感に堪えぬようにつぶやいた。

「本当。おいしいわね。さすが、食通の池波先生の好物だわね」

「そうですねえ」

「先生が本に書いていらっしゃる店はいくつか行ったけど、どこもおいしいのよね。『花ぶさ』や『いせ源』には行ったことある？」

「いいえ」

「あたしもまだない。今度、皆で行きましょう」

歳をとると、異性だってなんの屈託もなく誘えるのがいい。彼の方も嬉しそうに「ぜひ行きましょう」とうなずく。

「僕はほら、あれ。『鬼平犯科帳《おにへいはんかちょう》』の中に出てくる一本うどん、食べてみたいですね」

「太くて長いうどんが一本、どんぶりに入っているってやつね」

「はい。あれ、ちょっと調べたら、一度、お店が閉じて歴史的には途絶えているんですね。でも、また、関西の方で復活したらしいって」

「行ってみたいわね」

「旅行をしなければならないですね」

「文芸の中の食べ物と言えば、岡本かの子の『鮨《すし》』という作品があるでしょう」

「岡本かの子？　岡本太郎のお母さんの？　すみません、名前しか知らなくて」

「名前だけでもご存じなら上等よ。その『鮨』の中に偏食の子供が出てくるの、生魚が食べられない」

「へえ」

「あたしも、子供の頃、お刺身とかあまり好きではなくてね。でも、学生時代にあの作品を読んだら、ふっと『お寿司《すし》が食べたい』って思ったのよ。それから、生魚が食べられるようになった」

そう、だから、美希喜ちゃんに「偏食の子供が出てくる、近代文学、できたら戦前のものはないですか」って聞かれた時にすぐに答えられたのだ。

「小説が珊瑚さんの偏食を治したってことですか」

「そう」

「すごいですね」

「まあ、きっと、そういう時期だったのかもしれない。体も味覚も大人になって、そろそろ食べられるようになった時にちょうど物語が向こうから現れた」

あたしはその日のことをよく覚えている。

高校三年の夏だった。

自室で学校の図書館で借りた『鮨』を読んでいた。そこに出てくるお寿司がとてもおいしそうで、顔を上げたら目の前の窓からきらきら光る、夏の日差しが見えて、「食べられる、あたしは寿司が食べられる」と自然に思えたのだった。

「人生に必要な小説や本って、向こうからやってくるのかもしれませんね」

彼ははあとため息をついた。それは、食事に対する満足なのか、自らの恋路に対するため息なのか、よくわからなかった。

「なんとかなるわよ」

あたしは思わず、言った。

「え」

「あなたの恋路」

珊瑚さんこそ、恋路だなんて、古いじゃないですか、と言いながら彼はちょっと頬を赤らめた。文句を言うのは照れ隠しかもしれない。

「なりますかねえ」

「というか、こういうことは、なるようにしかならないのよ」

「そう」

「美希喜さんが何を考えているのか、いまいち、よくわからないんだよなあ」

「どう思います？　珊瑚さんは」

「そうねえ」

あたしは、今度はかた焼きそばの方に手を伸ばしながら考える。

「たぶん、彼女は今、きっと、そういうことにはぜんぜん頭が回ってないと思う」

「そうですか？」

「ええ。今は自分のことで頭がいっぱいだから。進路のこともあるし」

「そうか……でも、そういう時に相手のことを思って待っていると、別の男にさらわれてしまったりするんだよなあ」

彼にはすでにそういう経験があるのかもしれない。

「……ごちそうさまでした。金欠だったから、ありがたかったです」

「あら、金欠なのにHに行ったの？」

「いいえ、その支払いをしたから金欠になったんで。奏人君の分まで払ったんで」

「あらいやだ。美希喜ちゃんの分もあなたが？　それはあたしがお払いするわよ」

「とんでもない」

彼は目の前で手を振った。

「美希喜ちゃんの分を払おうとは最初から思っていました。彼女は学生ですし。ただ、彼までついてくるとは思わなかったんで」

あたしは財布を出したが、彼はあくまでも固辞した。

「それだけはいただけません。僕も、ちょっと気取りたくて、全部払うと言ってしまったんですから。この焼きそばだけで十分です」

「本当？　悪いわねえ」

これは、美希喜ちゃんにも注意しておかなくちゃいけない、と思いながらふと気づく。

「じゃあ、ちょっと待ってて」

あたしはちょっと思いついて、店の本棚から一冊の本を探し出してきた。

「なんですか」

「これをあなたに贈呈しましょう」

ちょっとおどけてうやうやしく、表彰状でも渡すかのように渡した。

「ん、『馬車が買いたい！』……？　鹿島茂《かしましげる》著……？」

彼も一礼して受け取る。

「それは、バルザックやヴィクトル・ユゴーの時代の青年たちの経済状態や当時の風俗を書いた本よ。とってもおもしろいの」

「へえ」

「あの頃は、馬車がないと女性を……まあ、この場合は上流階級の女性、という意味だけど、誘うこともできなかったのよ。貴婦人に外を歩かせるわけにはいかなかったでしょう。こんなドレスを着て」

あたしは建文君に、自分のスカートをパニエのように広げて見せた。

「道路事情も悪いでしょ。パリの町はいつもぬかるんでどろどろで、ゴミや汚物にまみれてたらしいから」

「あ、聞いたことあります。皆、汚物を窓から投げ捨てていたって。ハイヒールは裾《すそ》を汚さないために生まれたっていう説もありますよね」

「そう。だから、地方から一旗揚げようと出てきた若い男……まさに青年たちよね、彼らは馬車を調達するために涙ぐましい努力をするの」

「なるほど」

彼は早速本を広げ、イラストに見入った。

「もしかして、馬車ってあれかな、今で言ったら、自動車……？　自家用車みたいなものかな。一昔前の大学生は車を買おうと、大変だったって聞きますよね」

「ええ、でも、馬車はもっと大変よ。もちろん、馬車本体もお高いけど、それに馬と御者をつけなくちゃいけないんだから」

「ああ、なるほど、そうか」

彼は笑った。

「今みたいに、車や電車、バスで移動できるのは気楽でいいですよね。自転車なんてどれだけ楽か」

「そうよ」

「ちょっといい自転車やバイクを買えばモテる……かもしれない。我々は時代に感謝しないといけませんね」

「その意気よ！」

「じゃあ、僕もバーの支払い程度で文句は言えないか」

「いえ、そんなことじゃなく……建文君は美希喜ちゃんに甘いのよ。次はちゃんと払わせなさいよ」

「でも、僕は社会人でしょ。彼女は大学院生だから」

「ここだってアルバイト代、一応出しているんだもの」

次はちゃんとしなさいね、とあたしは言った。

「結局、田舎から出てきた青年たちはどうやって馬車を買う金を工面したんでしょうか。バルザックかユゴーみたいに小説家になって、一儲《ひともう》けするしかなかったのかな」

「さあ、どうかしら。いずれにしろ、今よりずっと大変だったでしょうね」

彼がそのままテーブルで本を読み出すと店はまた静かになって、あたしは嫌でも自分が書いた手紙のことを思い出してしまう。


東山さんから思いがけないお申し出を受け、あたしはとても嬉しかったのです。

でも、それはとてもお受けするわけにはいかないことでした。

正直に全部言います。あたしは、ずっと東山さんをお慕いしていました。奥様が生きていらっしゃった頃から……。

それなのに、どうして今さらおめおめとお付き合いすることができるでしょうか。

店の引き戸が開く音がして、あたしはそちらを見た。

そして、息を飲んだ。

「……ねえ、珊瑚さん。そう言えば、世界で一番短い手紙を知っていますか。あれも確か、ユゴーのものでお金に関するものでした。ただクエスチョンマーク『?』を一文字、出版社に送ったんですよ。その答えはやっぱり、びっくりマーク『!』を一文字。さあどういう意味でしょうか」

来客に気づいていない、のんびりした建文君の声が店に響く。バーで奏人君にしてやられたと塞《ふさ》いでいた気持ちがやっと晴れたようだ。

若い人はいい、とあたしは何回目かに思う。おいしいものを食べて、いい本を読めばある程度気は晴れる。

たとえ、今度の恋が破れても、恋はまだいくらでも転がっているのだから。

「ねえ、珊瑚さん……」

建文君はやっと店内の空気が変わったのに気づいて顔を上げ、あたしと入ってきた来客の顔を見比べた。

「それは、あれでしょう。ヴィクトル・ユゴーの手紙が『レ・ミゼラブル、売れていますか?』という意味のクエスチョンマーク。そして、びっくりマークは『売れていますよ』

という答えでしょう」

あたしの代わりに彼が答えた。

「あ、そうです……」

建文君はなぜか、小声で答えた。

「珊瑚さん、お久しぶりです」

彼は建文君から目をこちらに移すと、静かに一礼した。

「久しぶりですね」

あたしは震え声で返した。

📖 📖 📖

後藤田先生にこれまでにないほど厳しい叱責を受けた後、私はやはり神保町の駅に降り立っていた。

目的も決めずにぶらぶらと歩く。すずらん通りには入らず、廣文館《こうぶんかん》書店の前を通り、明倫館《めいりんかん》書店、一誠堂《いっせいどう》書店、澤口《さわぐち》書店……と回った。新刊、古本、神保町の新旧入り交じった書店の前を歩いて店の前の棚を見るともなしに見て回った。

最後に三省堂に入って、ベストセラーや雑誌の棚を見る。平日でも人がたくさんいる。

新刊本の本屋は古書店とはまた違った落ち着きを私に与えてくれた。

私はやっと気が凪《な》いできて、三省堂書店の一階の裏口から外に出た。裏口はすずらん通りにつながっているから鷹島古書店はすぐだ。

やっぱり、行くしかないのだ。私の居場所、「鷹島古書店」に。あそこで、珊瑚さんと話し、お客さんと話したり、美波《みなみ》さんの店に行ってコーヒーを飲んだりしていれば、自分の気持ちがわかってくるかもしれない。

先生にはそれは「逃げ」だと言われるかもしれないが。

「あなたは研究者としてまだ未熟です。というか、研究者に向いているかもよくわかりません。昨年、あなたから大学院に進みたいと言われた時、わたくしはとても迷いました。正直、あなたは古典を緻密に調べるような作業や研究に向いているとは思えなかったのです。でも、あなたにしかないひらめきや、発想はすばらしい。そして、たゆまぬ努力も知っています。それはもしかしたら、古典の世界に新しい風を入れてくれるかもしれないと思って……」

後藤田先生の最後の言葉が私を打ち続ける。

今はもう、考えたくない。

とにかく、鷹島古書店に行こう。

私は小道を曲がって店の前に行った。そして、ふうっと息を吐いて、戸をからりと開けた。

めずらしく、店にはすでに二人の先客がいた。一人は建文さんだ。テーブルの上に皿がのっている。さては彼は今日、ここでご飯を食べたのだなとわかった。

彼は私の顔を見ると、口をぱくぱく動かした。声は出なかった。いったい、どうしたんだろうともう一人の客の方を見た。

背が高いおじいさんだった。後ろからではそれしかわからない。右手に小ぶりのボストンバッグを提げていた。彼はじっと珊瑚さんのことを見ているようで、珊瑚さんは手を前に組んで、彼を見上げていた。

「こんにちは！」

私は二人に気づいてもらおうと、できるだけ大きく明るい声を出してみた。

「……あら、美希喜ちゃん」

やっと珊瑚さんが私に気がついた。

そこで、彼が初めて振り返ってこちらを見た。白髪交じりの髪は短く刈り込まれている。精悍《せいかん》で、でも優しい目をしている人だ、と思った。ちょっとキリンみたいな。

北海道を舞台にした映画によく出ていた俳優さんにちょっと似ている。なんていう名前だったっけ……？

「甥の娘の美希喜ちゃんです。美希喜ちゃん、こちらは北海道のお友達で、東山さんです」

珊瑚さんはそう簡単に紹介しただけだけど、なんとなくわかった。

すごく素敵な人だったし、彼が珊瑚さんを見る目も、珊瑚さんが彼を見る目も特別だった。

これから、鷹島古書店に何か変化が現れる予感が、確かにした。

最終話
『輝く日の宮』
丸谷才一著と文豪たちが愛したビール

授業が終わったら来てくれることになっている美希喜《みきき》ちゃんを待ちながら、あたしは店の掃除をしていた。

美希喜ちゃんと店番を交代したら、東山《ひがしやま》さんと会うことになっている。

「私、急いでいきますからね。授業終わったらすぐに走ってきますから」

そう言っていたけど、午前中の授業終了が十二時だから、十二時半くらいになるだろう。

彼女は一目見てあたしたちの関係を察したようだったが、夜、もう一度自宅から電話して、彼のことを説明した。

「あの人、東山さん、めっちゃかっこいい！　本もたくさん読んでるみたいだし、すっごいすてきじゃないですか！」

前から少し予想はできていた。美希喜ちゃんは年上男性に抵抗がない、いや、それどころかかなり好きなようだ。辻堂《つじどう》社長とはいつも話がはずんでいて、その間中、にこにこしている。神保町《じんぼうちょう》のおじさま方とはすぐ仲良くなってしまう。滋郎《じろう》兄に畏敬《いけい》と憧憬《しょうけい》の念を持っていることも確かだ。「ＮＣＩＳ」という海外ドラマに出ている、マーク・ハーモンという俳優さんが大好きだと言っていた。写真を見せてもらったら、七十代の銀髪の紳士でびっくりしてしまった。

「珊瑚《さんご》さん、あんな人がいるのに北海道から出てきたんですか……すごいですねえ」

妙なところに感心している。

「いえ、彼とはただのお友達よ」

「ええええええ？」

彼女の早とちりを訂正しつつ、いったいどう説明したらいいのか迷う。

あたしの気持ちを理解してもらえるかどうか……何より、ある種の「不義」でもあることの関係に引かれたりしないだろうか。美希喜ちゃんに嫌われたくない。

ものすごく迷って、結局、「本当にただのお友達だから」と同じ言葉をくり返すことしかできなかった。

「ふーん。ただのお友達が北海道から遊びに来たってことですか」

納得できない声で言う。

「そう。明日は彼を東京見物に連れ出すから、店番、代わってくれる？」

「もちろん！」

友達という言葉に大きく反論しなかったけど、「授業が終わったら走ってきますから」という返しはそれをまったく信じていないのだ、ということを伝えていた。

東山さんには美希喜ちゃんが学校から来る時間を教え、その頃《ころ》、彼とここで待ち合わせすることにした。

「神保町に来ることはずっと夢だったんです。若い頃、東京に何度か来ていたんだけど、当時はそこまで興味がなくて。だから、午前中は神保町を回ります。一人でも十分楽しめますよ」

彼が後でここに来る、と考えるとなんだか落ち着かない。

昨日、彼がぐるっと店の中を見ていた時も、ちょっと恥ずかしかった。

滋郎兄が作った店だし、蔵書は兄の趣味やチョイスだから、それは恥ずかしいことはないのだ。

でも、店の掃除や机の上の整理整頓は、今やあたしの責任だ。

「……いい店だなあ」

東山さんは感に堪《た》えぬようにつぶやいてくれたが、本棚の隅に埃《ほこり》は落ちてないか、机の上に整理していない領収書が積み上がっているのをあきれられないか、と気が気でなかった。

そうそう、この辺の掃除もしよう、といつも自分が座っているあたりの埃をばたばたとはたきで落とした。椅子《いす》には滋郎兄が置いていた、誰《だれ》かが編んでくれた手編みの座布団が置いてある。もう夏で暑苦しいし、黒ずんでぺったんこになっている。

「そろそろ取り換えてもいいんじゃないかしら」

滋郎兄が残したものを捨てることができなくて、ずっとそのままになっていたけど、どこかでもっとおしゃれなクッションでも買ってこよう。

それから、レジのエリアの上の方にかけっぱなしになっている額……『玉能小櫛《たまのおぐし》』の本が入っている額を下ろして、雑巾《ぞうきん》で丁寧に拭《ふ》いた。恥ずかしながら、ここを丁寧に掃除したのは初めてだ。

ガラス部分を拭いて額を裏返した時、そこに、「鷹島《たかしま》美希喜様へ」と書かれていることに気がついて、「あら」と声が出てしまった。

これは兄の字だ。兄は生前、彼女にこれを渡そうと思っていたのか。いつか、あげるために用意していたのか……。しっかりと、油性ペンで書いてある。

彼女が出勤してきたら教えてあげようと思って、あたしはレジの隣に置いた。

その時、表の戸がからりと音を立てた。

美希喜ちゃんかと顔を上げると、東山さんが入ってきた。

「ああ、まだ美希喜ちゃんは来てないんですよ」

あたしはドキドキしながら言った。

「いえいえ、大丈夫です。古本屋をのぞいていたら、気になる本がいろいろあってつい買い込んでしまったんです。一度、こちらに本を置かせてもらおうと思って」

東山さんはいろんな本がどっさり入ったレジ袋やエコバッグをレジ台の上に置いた。

「どちらの書店に行ったんですか」

「表通りの一誠堂《いっせいどう》書店の並びの店をとりあえず一つずつ、ずうっと見て……けやき書店にも行きました」

「あたしはまだあちらにはうかがってないんです」

「店の中にびっしりと近現代文学を中心とした初版本が並んでいるんです。身動きができないくらい。見ているといろいろな記憶がよみがえってきました。ああ、この本を読んだ時はまだ三十代だったなあ、私も若かった、とか。池波《いけなみ》先生のサイン本があってとっても迷ったけど……」

「お買いにならなかった？」

「ええ。これを北海道に連れて帰っても、老い先短い人生ですからね。そんな価値があるもの、金額以上に私が死んだ後どうなるのかと思ったら、手が出なかった」

その気持ちはよくわかった。

「見てみたいわ」

「後で一緒に行きませんか」

「ぜひ」

「じゃあ、私は美希喜さんが来るまで、もう少し本屋を回ってきますね。今度は三省堂《さんせいどう》とか、新刊書の書店に行ってみるつもりです」

「三省堂さんだったら、ここからなら、裏口から入れます」

道順を紙に書いて教えると、東山さんは大量の本を置いて、また、いそいそと出て行った。

その様子が本当に楽しそうであたしまで嬉《うれ》しくなる。折りたたみテーブルを広げて、その上に本を移動させた。

「あ」

もしかして彼は本と神保町が目的でここに来たのかもしれない。あたしに会いに来てくれたと思っていたのは早とちりだったかもしれない。

急にすべてが恥ずかしくなって、顔が熱くなってしまった。

「嫌だ」

あんな手紙を出して、彼がすぐ来てくれたから、自分と話すために来てくれたのかと思って、昨夜から困惑と同時に心がときめいていたのだけれど、本当の目的は東京見物だけなのかも。

「あたしったら」

思わず、独り言が次々と出た。

「こんにちは」

元気で大きな声が聞こえて、あたしは顔を上げた。入口に美希喜ちゃんが立っていた。

「どうしたんですか、珊瑚さん、ぼんやりして……すみません、遅かったですか」

「いいえ、大丈夫、早速来てくれてありがとう。東山さん、今ちょうど出て行ったところだけど、その辺で会わなかった？」

ドギマギしながら答える。

「いいえ。見かけませんでした」

「じゃあ、彼にメールするわね、美希喜ちゃんが来たって」

あたしは彼に「よかったら、あたしも三省堂さんに行きます。そこで待ち合わせしませんか」とメールを打った。

「ごめんなさいねえ。急がせて」

あたしがレジ台のところから出ると、美希喜ちゃんが代わりに入った。テーブルの上の本を見る。

「これ、お客さんの？　仕入れですか？」

「ううん。東山さんが買ってきた本」

「本当にお好きなんですね」

不躾《ぶしつけ》に手に取って見たりしないが、興味津々といったふうに彼女は彼の本を見つめた。

「ああ、そうそう。美希喜ちゃん、これ知ってた？」

あたしはレジの脇《わき》に置いておいた、『玉能小櫛』の額を見せる。

「なんですか」

「この裏に、美希喜ちゃんの名前が書いてあったのよ。たぶん、滋郎兄さんはあなたに渡したかったんじゃないかしらね。いつか……」

美希喜ちゃんはじっと額の裏を見つめた。

「私の名前……」

「きっと、もしも、自分になんかあった時、美希喜ちゃんに渡るようにしていたのかも」

その時、スマートフォンにかすかな「ぽん」という音がして、東山さんからメールの返事が届いた。「では、一階の雑誌のあたりで待ち合わせしましょう」と書いてあった。

「じゃあ、ごめんなさい、行ってくるわね。何かあったら電話して」

美希喜ちゃんからは明確な返事がなかったが、あたしもメールの返事に気を取られて、そのまま店を出てしまった。

引き戸を閉めながら振り返ると、まだ、額の裏をじっと見ている美希喜ちゃんが見えた。

📖　📖　📖

――鷹島美希喜様へ
いったい、どういうことなのだろうか。

大叔父が生きていた時に、この額についても本居宣長《もとおりのりなが》についても、ましてや『玉の小櫛』についても話したことはなかった。

源氏《げんじ》物語の注釈書だから私にくれる、ということなのかもしれない。だけど、それなら、大学に入学した時にくれてもよかったのではないだろうか。

大学入学の時、大叔父はとても喜んで、銀座のミキモトに連れて行ってくれ、ベビーパールのネックレスを買ってくれた。

「まあ、こんな高価なものを」

父も母もびっくりして、改めて大叔父にお礼を言ってたけど、滋郎さんは「子供も孫もいない身の上だもの、美希喜ちゃんにこのくらいのことはさせてよ」と笑っていた。

ネックレスは今でも、私の宝物だ。今は夏だからあまりしてないが、冬はよくニットに合わせている。母には「高価なものなのだから、特別な時につけなさい」と言われていたけど、どんな服にもよく合うし、せっかくの品なんだから使わないとむしろもったいないと思う。

それにしても、珊瑚さんとあのおじさん……東山さんという人はどういう関係なんだろうか。珊瑚さんは「ただのお友達よ」と強調していたけど、二人が見つめ合っている様子を見れば、今は恋人でなかったとしてもお互いに特別な相手だということはすぐにわかった。

珊瑚さんがあそこまで否定するんだから、嘘《うそ》ではないだろう。でも、だとしたら彼はなんのために東京に出てきたのか。物見遊山《ものみゆさん》のため？　昨日、二人が話しているのを聞いていたけど、彼に観光としての大きな目的があるようには思えなかった。珊瑚さんが「どこか行きたいところはありますか」と聞いたら「珊瑚さんがお薦めのところならどこでも」と答えていたし。あれは普通、恋人同士の会話だろう。

であれば、きっとあの人は珊瑚さんに会いに来たわけで、それは自分の気持ちを伝えたり、相手の気持ちを確かめたりする、という目的があるんじゃないか。

そこまで考えて、心配になった。

あの人は珊瑚さんを北海道に連れて帰ってしまうのではないか。

軽く身震いした。

そしたら、どうなるのだろう、この店は。

店を整理する日程が早まるかもしれない。それとも誰かに託したりするのかな。

そうであれば私はこのままアルバイトを続けられるのだろうか。

ビルごと売る、ということだって考えられる。きっと高い値段で売れるだろうし、それなら珊瑚さんや彼の老後になんの心配もないだろう。

そしたら、もう、ここでは働けないのかな……。鷹島古書店はなくなってしまうのか。

私はまた、別のことに気がついて、頭を抱えたくなった。

母、芽衣子《めいこ》に東山さんのことを報告しなければいけなかったんじゃないか！

こういう事態こそ、母が恐れていた、もしくは、知りたかった事態で、私が言ってなかったことを知ったら、絶対、怒られる。

下手すると、ここに来るたびにもらっていた昼食費、交通費など、これまで払ってもらっていたお金の返還を要求されるかもしれない。いや、絶対されるだろう。あの人、何よりそういうことに厳しい人だから。

いやあ、母になんて話そうかな……。

そんなことを考えていると、店の引き戸ががらりと開いて、人が入ってきた。私はその方に目をやって、思わず立ち上がった。

「後藤田《ごとうだ》先生！」

それは私の大学院の指導教員でもある後藤田先生だった。私と目が合うと、気弱そうに微笑《ほほえ》んだ。

「先生、お探しものですか」

「いいえ」

先生は伏し目がちに首を振った。

「では……」

「昨日は、失礼いたしました」

丁寧に頭を下げられて、びっくりしてしまった。

「そんな……」

また改めて謝られて、言葉を失う。

「厳しいことを言ってしまったと反省しております。こんなことを今さら言ってもしかたないですが、わたくしの鷹島さんへの期待の大きさが言わせた、と思って欲しいのです」

「このところ、研究や授業に身が入ってなかったのは確かですし、私の方こそ、本当にすみませんでした」

お互いに頭を下げ合った。

「実は、妻にも、鷹島さんにこんなことを言ってしまったと昨日話したら、厳しく叱《しか》られましてね。あなたにそんなことを言う資格はないはずだ、古典を愛する若い女性にそんなひどいことを言うなんて、と」

「はあ」

先生の愛妻家伝説はゼミ生や院生の中でも有名だ。とても仲が良くて休みのたびに一緒に旅行した話を聞かせてくれる。大学や身近で起こったことはすべて話しているらしい。

「もちろん、だから、謝りに来た、というだけではないのです。本当に、鷹島さんに期待しているからそれをお伝えしなければならない、というのと、それと……」

先生はまた少しためらわれてから、言った。

「鷹島さんの今後の進路について、やはり、一度、落ち着いて話し合った方がいいのかと思っていて」

「……ええ」

今度は私の方が伏し目になってしまった。

「私も何か決めているわけではありません。院生の就職は厳しいし」

「ええ。一番多いのはやはり、教員でしょうか。鷹島さんは幸いなことに教員免許も持っていらっしゃる。狭き門ではありますが、学校の先生というのも合っていると思いますよ」

「そうですねえ」

実は、昨年、臨時講師としていくつかの高校に教えに行ったことはあった。それは貴重な体験だったが。

まだそれが天職だとは思えなかった。教職はやっぱり、それを心から望む人が就くべき職業だ。

「それから、うちの大学の助手になるという選択肢もあります。今すぐには空きはありませんが、アルバイトをしながら待つとか」

「なるほど」

「そしてもちろん、一般の会社に就職することもあるでしょう」

「はい」

「決して、楽に見つかるとは思えませんが、うちの学校の就職課は毎年、なかなかの実績を上げておりますし、きっと親身になって探してくれるでしょう。もしかしたら、鷹島さんに合っている仕事もあるかもしれません」

私は知らず知らずのうちに、ため息をついた。それを見越したように、先生は言葉を重ねた。

「学問や研究は逃げません。一般の会社に就職して人生を学んだ後、また、大学に戻りたいと思うこともあるかもしれません。とはいえ……」

そして、先生は黙ったままの私を見据え、きっぱりと言った。

「この店を継ぐ、ということは考えていらっしゃいませんか」

「え」

「そうするのが一番いいと思っている、とわたくしが言ったら、それは鷹島さんの負担になりますか」

「いいえ」

「何か問題がありますか」

「本当は私もそうしたいのですが」

自分の声を聞いた。

声が耳に届いても、それを自分が言ったのだと信じられなかった。

初めてだった、たぶん……古本屋をしたい、と私が口に出して宣言したのは。

「でも、無理です。この店は大叔母の珊瑚さんのものです。珊瑚さんがこのビルを相続し、売却するも、人に譲るも、決めるのは珊瑚さんです」

「でも、鷹島さんにそうしてもらいたいと思っているということはないですか？　お兄さんの店をむげにはしたくないという気持ちがあって、北海道から出てこられたのではないですか？」

「……どうでしょう。でも、そういうことは一度も聞いてなかったです」

私はなんだか、後藤田先生に全部を聞いてもらいたくなった。

「それに、何よりも、きっと大叔父がそれを望んでないのです。もしも、少しでもそういう気持ちがあれば、私に一言くらい言ってくれてもいいと思いませんか？　なんなら、遺言に一言書いてくれても……もちろん、ビルや店は珊瑚さんに残すのは当たり前です。でも、それとは別に店は私にやって欲しいとか……」

「自分の職業を誰かに継いで欲しいというのは、ちょっとした軽口でも、口にするのはなかなか勇気のいることですよ。エゴになってしまわないか、相手を縛ってしまわないか、心配になりますし、何より、滋郎さんにとって鷹島さんは娘でも孫でもないわけですから……それに、遺言は遺産相続についての公的な文書ですよね。そこにはそんなこと書かないんじゃないですか」

「そうですが、でも、大叔父が何を考えていたのかは私にはわかりません」

私たちの間に、しばらく沈黙が流れた。

「すみません、私、お茶も出さずに」

気まずくなった私は慌てたふりをして、折りたたみのテーブルと椅子を勧めた。

「お掛けになってください。今、お茶を入れますから」

テーブルにのっていた東山さんの本を持って奥のバックヤードに入り、お茶の用意をした。

小さな冷蔵庫に入っている麦茶を出して、先生と私の分を、二つの蕎麦《そば》猪口《ちよこ》に注《つ》ぐ。

その時、後藤田先生の叫び声が聞こえた。

「鷹島さん！」

「鷹島さん、鷹島さん、鷹島さん！」

相当、慌てているのだろう。先生は私の名前を連呼した。

「どうしましたか」

私もびっくりしながら、麦茶をのせたお盆を持って店に戻った。

「これ、これ見ましたか」

先生はレジの脇に置いてあった『玉能小櫛』の額を手に持っていた。たぶん、椅子に座る前に、いつもと違う場所にあるそれに気がついて手に取ったのだろう。

「ああ、それ」

「ここにあなたの名前が書いてあります！」

先生は額の裏側を私に見せた。

「はい。ちょうど、珊瑚さんが掃除をしていて気がついたんです」

私は先生の興奮がわからず、テーブルの上に麦茶を置いた。

「あなた、この意味がわかりませんか！」

「ですから、『玉の小櫛』ですよね、本居宣長の」

「ああそうか」

先生は額を手に椅子に座り、麦茶を飲んだ。

私も猪口を手にして、先生の前に座った。

「この話はしたことがありませんでしたね」

「『玉の小櫛』の内容ですか」

「いえ、それもありますが、わたくしと鷹島さんの……鷹島滋郎さんの話です。滋郎さんからはきっと聞いてないんですね」

「はあ」

大叔父からは、O女子大の先生は「なかなかいいよ」というくらいしか聞いていていない。

「昔……わたくしが大学生の頃ですが、その頃からよくこちらに来ていたんですよ」

先生は遠い目をしながら話し始めた。


「お昼ご飯、どうしましょうか」

「お昼、まだでしょう」

三省堂の一階で顔を合わせると、あたしたちはほぼ同時にそう言ってしまって、顔を見合わせて照れ笑いした。

「じゃあ、店を探しましょうか」

そう言いながら、三省堂の表の出入口から外に出て、神保町の駅の方に向かって歩き出した。

「いい天気でよかった」

「ちょっと暑いですけれど」

「お互い、無理しないようにしましょうね。休み休み歩きましょう」

「はい」

神保町の町を東山さんと二人で歩いているという不思議な喜びに、身体《からだ》がふわふわしていた。彼は背が高いから大股《おおまた》だけど、ゆっくりとあたしに合わせて歩いてくれる。こんなふうに肩を並べて歩くのは初めてなんじゃないだろうか。

この時間をずっと忘れたくない、と思った。

もう二度とないかもしれないのだから。

「午前中は、このあたりを見ていたのですよね」

黙っているのもおかしいと思って、あたりさわりのないことを尋ねる。

「ええ。どこの店も楽しくって、ついつい夢中になってしまいました。こうやって店先にびっしり並んでいる古本を見ているだけでも欲しい本が次々と見つかるし、中に入るとまた、各店で特色がいろいろありますよね」

「本当に、古書店は店によってそれぞれですから」

「共通点は、古い本を並べている、ということだけじゃないでしょうか。それ以外は本当にまったく違う。店の規模、棚の並べ方、照明なんかで、雰囲気も違うし、何より、どんな本を選んでいるかということで古書店はまったく顔を変えます。例えば、少し古い稀少《きしょう》本《ほん》を扱っているという意味では、澤口《さわぐち》書店の二階とけやき書店は同じジャンルにくくられるかもしれませんが、中に入るとまったく違うのがわかります」

「ええ」

「例えば、近現代の作家の小説やエッセイの初版本を並べている、けやき書店では……」

東山さんが本について語っている一言、一言が貴重だった。彼の声がだんだん熱を帯びていくのを感じて、あたしは嬉しくてたまらなかった。

その澤口書店の前を通りかかった時、ちょうど、建文君《けんぶん》が店から出てきたところに出くわした。

「あら、建文君、めずらしい。お買い物？」

建文君はひどく真剣な表情をしていたが、あたしたちの顔を見るとさっと笑顔になった。

「ああ、珊瑚さん」

そして、東山さんにも軽く頭を下げる。

「おそろいで。お昼ですか」

「ええ、これからどこか探そうかと思っていたの。建文君は古本でも探しているの？　めずらしい」

「めずらしい、めずらしいって言わないでくださいよ。僕だって本くらい買いますよ」

建文君はちょっと唇をとがらせて、ひねくれる。

「ごめん、ごめん。建文君が本を読まないと言っているわけじゃないのよ。建文君は、うちのお得意さん、うち一本槍《やり》かと思っていたから」

とはいえ、以前は「本を買うのは費用対効果が悪い。図書館で十分だし、ましてや古本なんて」と言っていた彼が別の古本屋から出てきただけで嬉しい。

「僕だって、最近はこういう場所で買い物をするんですよ……って、実はちょっと」

ちらっと東山さんの顔を見た。

「何かあったの？」

「いえ、お忙しそうですから、また」

彼に遠慮しているようだった。

「かまいませんよ。何か、本を探しているんですか」

それまで黙っていた東山さんが口を開いた。

「ええ……そうなんですけど、僕の知識じゃとても追いつかなくて」

「あら、何？」

彼が探している本に興味がわいて、思わず、尋ねてしまう。だいたい、もしも本を探しているならうちの店に来て尋ねるとか、相談してくれればいいし、実際、これまではそうしてきたのに、わざわざ、澤口書店さんまでくるとは何か他の意味や目的があるのだろうか。

「いいですか……実は、前に美希喜ちゃんとここで会ったことがあるんです」

「あら、美希喜ちゃんと」

「正確にはこの店の中です」

建文君は店を少し振り返るようにした。

「僕は上司に頼まれて、この店に本を取りに来てたんです。英文学の本でここに在庫があることをネットで調べまして……そして、本を受け取ってお金を払って店を出ようとしたところで、彼女がこの店の二階から降りて来たんですよ」

「あら」

「なんだか、妙に思い詰めた顔で……どうしたの？　って聞いたら、『ちょっと欲しい本があるんだけど、迷ってる』って言ってたんです。なんて本？　って聞いても、恥ずかしがって言わなくて。良かったら、僕、プレゼントしようか、って言ったんだけど」

「そしたら？」

「別にどうしても欲しいわけじゃない、その本はもう読んだことがある、欲しいのはただ、自分の思い入れだけだからって」

「なるほど」

　あたしの隣で東山さんが深い声であいづちを打った。

「思い入れですか」

「数週間前なんだけど、僕、最近、急に気になってきて。できたら、密《ひそ》かに買ってプレゼントしようかと……二階に上がって見てみたんだけど、やっぱり、彼女の欲しい本がどうしてもわからないんです」

　やっぱり、本人に聞かないとわからないかなあ、と彼は頭をかきながらつぶやく。

「それだけの情報じゃ、むずかしいわね」

あたしと東山さんも、目を合わせてうなずく。

「珊瑚さんでもそうですか、もしや、美希喜ちゃんから何か聞いていたりしないかと思ったんだけど」

「聞いてないわねえ」

「じゃあ、今度、何か機会があった時にでもさりげなく聞いておいてくれませんか。サプライズの効果は薄くなるけど」

建文君は照れたように笑った。

「それは仕方ないわね」

「……よかったら、お手伝いしましょうか」

東山さんが言った。

「一緒に探せば、わかるかもしれない。三人寄れば文殊《もんじゅ》の知恵と言うでしょう」

「いえいえ、とんでもない。お二人とも、お忙しいでしょうから。東山さんはせっかく北海道から東京に来たばかりだし」

「実は、私も、さっきこの店にきて見てたんですよ、この店の二階を。その時、ちょっと気になったものがあって」

もしかしたら、お役に立てるかもしれない、と東山さんが言った。

「じゃあ、ちょっと上がりましょうか。あたしたちはいずれにしろ、ここいらをぶらぶらしたあと、ご飯でも食べようかって言ってただけだから」

あたしがそう勧めると、建文君は迷いながら「はい……」と答えた。

「騒ぐのは迷惑なので、他にお客さんがいたらやめましょう」と言い合いながら、二階に上がった。幸い、二階には若い女性店員しかいなかった。

澤口書店の二階は十畳ほどの、そう広くない部屋の壁際と真ん中に本棚がしつらえてある。例えば、夏目漱石《なつめそうせき》の『こゝろ』や竹久夢二《たけひさゆめじ》装丁の本など明治大正時代の稀少な古書や、江戸時代の版画、軍事関係の資料など、いずれも数奇者《すきしゃ》が好むようなものばかりが並んでいる。見ているだけで楽しいし、博物館にあるようなものが実際に手に取れるのだ。まあ、買う気もないのにべたべた触るのは失礼だけど。

「さっき、店の中をざあっと見させていただいたんですよ」

東山さんが声をひそめるようにして、あたしと建文君に言った。

「それでちょっと気になった本があって……建文さんの話を聞いていてこれじゃないかと」

彼は一冊の本を棚から抜き出して、あたしに見せた。

「ああ」

あたしは思わず微笑んでしまった。

「確かに」

「ね？　これかもしれませんよね」

あたしたちはお互いに目を合わせてうなずく。

「実は、私もさっきここで見た時、珊瑚さんにプレゼントしたいとちょっと思ったくらいなんです。珊瑚さんがお若かったら、絶対に買っていたと思います。いや、もちろん、今だって十分お若くて、素敵ですが」

「いえ、わかっていますよ。気を遣わないで。これはやっぱり、美希喜ちゃんくらいの女の子にふさわしい」

横で黙って聞いていた建文君が耐えきれぬように言った。

「いったい、なんですか。僕にも教えてくださいよ。二人だけで盛り上がっちゃって」

東山さんが「これはすみません」と言って、彼に本を渡した。

「『落穂拾ひ』？　小山清《こやまきよし》？」

「……この話の中には、古本屋の少女が出てくるのよ」

「あ」

「ある種の、古本屋のバイブル的な本というか……女性の古本屋さんなら皆、ちょっと意識している本なんですよ」

「なるほど」

「これは初版本ではないようだけど、『落穂拾ひ』の発刊は昭和二十八年、この本も二十八年のものだから、たぶん、装丁《そうてい》なんかは同じでしょう。それで美希喜ちゃんは欲しくなったのかもしれない」

装丁は黄緑と青の間のような、淡いエメラルドグリーンに、緑と茶色で葉っぱのようなものが描かれている。

「表紙も素敵ね……手元に置いておきたい気持ちはわかるわ」

「もちろん、ぜんぜん違う、ということも考えられます」

東山さんは建文君に断った。

「でも、まったく違っていたとしても、贈られたら嬉しい本ではあるわね。お手伝いでも古本屋で働いていたら……」

「買います！」

建文君は力強く言った。あたしが本を裏返すと「五千円」という値札が貼《は》ってあった。

「あら、でも、金欠なんじゃ？」

「僕だって、貯金くらいはありますよ。ファイヤーしようとしていた男の貯金力を舐《な》めんなよ！」

拳固《げんこ》を握って宣言する姿に、あたしたちは思わず、声を合わせて笑ってしまった。

東山さんとこうして一緒に笑えるなんて……あたしは心から建文君に感謝せずにはいら

れなかった。

📖 📖 📖

「わたくしがまだ学生だった時です……」

後藤田先生はゆっくりと話し出した。

「時はバブル崩壊のすぐ後でした。もう、就職はどしゃぶりとか氷河期とか言われていて、実家の両親ものんびりと院に行って研究なんてしていたら職を逃してしまう、さっさとどこかに就職してもいいのではないか、と言ってきていました」

確か先生はうちの両親と同年代だ。

「わたくしは『和泉式部日記《いずみしきぶ》』を研究してましたから、ここには注釈書を探しに来たんです。担当教授の遠井《とおい》先生に紹介されて」

「遠井先生のご紹介でしたか」

遠井先生はやはり和泉式部日記の有名な研究者ですでに他界されている方だった。私も何冊か著作を読んだことがある。

「そのうちに古書を探す時はとりあえずここに来て、滋郎さんに相談するようになりました。彼も大学で国文学を専攻されていましたから、詳しいですし、自然、なんでも話せるお兄さんのような存在になっていました。それは亡くなるまで続きました。本当にありがたい出会いでした」

若き日の……先生が二十代だった頃なんて想像もつかないが、そんな先生がこの店に出入りしている様を思い浮かべた。

「だから、自然の成り行きでした、就職や将来について滋郎さんに相談するのは」

「そうだったんですね」

「わたくしは生意気にもこう言ったんです。最近、もう古典を勉強したり研究したりする意味というのがわからなくなってしまった、と。両親にもいろいろ言われたし、時代もバブル崩壊の後で、世の中はめちゃくちゃになっていた。大きな会社が突然倒産したりして。古典に価値を見いだすのがむずかしくなっていたんです。就職しようとしていた、自分に対する言い訳だったのかもしれません」

いや、滋郎さんに甘えたかったのかもしれませんと言って、先生は微笑んだ。

「滋郎さんはそこにいて、まさにそこに立って」

先生はレジのところに滋郎大叔父が立っているかのように目をやった。

「この額を下ろしてくれて、言いました。私も迷ったことがあると。いったい、何の仕事をしたらいいのかわからなくなっていた時、君の担当教授の遠井先生に出会ったと。滋郎さんは当時、アジアの旅行から帰って、就職もせずにこのあたりの古本屋の手伝いというかアルバイトというか、そういう仕事をしていたんですね。その中で遠井先生に出会って、仕事について話したら、本居宣長先生の話をしてくれたんだと」

本居宣長先生、という言葉は妙に親しげだった。歴史上、文学史上の一文学者ではなく、本当に自分が近しく習ってきた一先生に対するような。

「本居宣長先生がいなかったら『源氏物語』はこの世に残っていなかったかもしれませんよ、と言われたそうです。滋郎さんはそんなこと、考えたこともなかったからぽかんとしてしまった。でも、遠井先生の話を聞いて納得しました。江戸時代、本居宣長が研究を重ね、たくさんの書物を残したことで、それまで以上に『源氏物語』に脚光が当たり、それが今に残っているのです」

「もののあはれ、ですね」

私が言うと、後藤田先生はうなずいた。

「確かに、平安時代に、他にもいろいろな物語があったという記録がありますが、そのほとんどは残っておりません。また、その記録にさえ残っていない物語や作者もあるはずです。だから、今、ここに残っているものは末永く残していかなくてはならない。私たち、研究者はその長い長い鎖をつなぐ、小さな鎖の一つでいいではないですか。自分の名前を残そうとか、自分の研究で世間や学会をあっと言わせてやろうなんて考えなくていいのです。ただ、それを後世に残す小さな輪で」

「輪、ですか」

「あなたの職業もそうではないですか、古本屋さんは私たち学者と同じように、本や物語といった文化を後世に残す、そういう輪です。だから、私は皆さんを尊敬しているし、同志として信頼している……滋郎さんは遠井先生にそう言われて、古本屋として生きる決心をしたそうです」

「大叔父にそんなことが……」

「その後、遠井先生がその古い『玉能小櫛』の一冊を、滋郎さんの店ができた時にプレゼントしてくれたそうですよ。だから、額に入れて飾ってあるんです。滋郎さんはその話でわたくしを励ましてくれました。わたくしもまた、その小さな鎖、小さな輪の一つになろうと決めました」

　古代から続く、細くて小さな鎖、輪……それがここにつながっているのか。私は額をじっと見た。

「ここに、『玉能小櫛』の額の裏に、あなたに宛《あ》てた名前が入っている、というのはきっと滋郎さんのお気持ちでしょう。これほどはっきりとした彼の気持ちもない。でも、彼はあなたに逃げる場所もちゃんと残して逝《い》った。あなたがこれに気づかなかったり、拒否をしたりしても負担にならない、ほんのわずかな自分の気持ちをここに残したんだ」

　目頭が熱くなりかけていたけど、先生に泣いた顔を見せるのは恥ずかしくて、我慢した。

「鷹島さん、あなたも研究者にならなくていい。でも、あなたにはこの道があります。この店はいい店ですよ。一度、大叔母さんに心を込めて頼んでみたらいいんじゃないですか。そして、わたくしたちの同志になって欲しいのです」

「ありがとうございます」

私は先生に頭を下げた。

「私も考えてみます」

「そして、もう一つ、お話があります」

「え」

「……実は、わたくし、来年から、O女子大の図書館長となることになりました」

「えええ！　それはそれは」

先生は今度ははっきりと笑った。

「ご栄達と言っていいんでしょうか。おめでとうございます」

「ありがとう」

「教授の仕事もしながら、図書館長もするのですか」

「はい、そうなります。だから、鷹島さんがここを継いでくださったら嬉しいです。わたくしからのお願いです。この店を継いで、わたくしの仕事の手伝いをしてくれませんか」

「それはありがたいことですが、先生、もしや……」

ここまで長々と、感動的な話をしてくれたのは……。

「自分の仕事を手伝わせるつもりだったんですね！」

「ははは。実はそうです。そういう企《たくら》みというか、よこしまな気持ちもありまして」

「まあ」

私が泣いた涙を返して欲しいと思いつつ、何かふっきれた、すがすがしい気持ちが胸に流れてきた。

「それで、この本を持ってきました」

後藤田先生は革鞄《かわかばん》から一冊の本を出した。丸谷《まるや》才一《さいいち》先生の『輝く日の宮』だった。

「これは……」

「これはまだ読んでいらっしゃらないでしょう」

「ええ。でも、それは」

「そうです、それをわたくしが禁じたから」

私は『輝く日の宮』を受け取って、うなずいた。

まだ学部の一年生の頃だ。今思い出しても、少し恥ずかしい。

私は源氏物語のレポートに、田辺《たなべ》聖子《せいこ》先生のエッセイの一文を引用し、参考図書として挙げたのだった。あの時の後藤田先生の困った顔が忘れられない。

「……鷹島さん、こういう小説家さんが書かれた本は研究書とは違うんですよ。参考図書にならないのですよ」

　そして、「古典を題材にした小説や漫画を読むのを一時やめて、研究書を読まれた方がいいかもしれませんね」と忠告されたのだった。

「あれから、そういう小説をずっと読んでおりませんでした」

「そうですよね。研究書ではないけれど、この本は文学として小説として最高です。これは女性研究者が主人公でもあります」

「はい」

「源氏物語に『輝く日の宮』という巻があるという話。正直、研究者からすると荒唐無稽《こうとうむけい》な話です。でも、フィクションとして楽しむのはいいし、あなたが研究を離れるなら、楽しんで本をなんでも読んでください。そして、いろいろな人に古典や小説の楽しさを教えてあげてください」

「この本、先生の本ですか」

「いえ、さっき『けやき書店』に寄って、初版本を買ってきました。あなたの門出の一冊となるように」

　私はありがたく、押し頂いた。

□　□　□

あたしたちは結局、澤口書店向かいのビアレストラン「ランチョン」でランチをすることにした。

一緒にメニューをのぞき込んで、ピルスナーウルケルという生ビールをいただくことにする。

今日は美希喜ちゃんが一日店番をしてくれることになっているので、昼から飲んでもいいだろう。

それから、塩タン、ランチョン風ポテト料理、アスパラガス、自慢メンチカツ……とお互いに目についたものを次々注文した。

生ビールが運ばれて、「乾杯」と言い合ってグラスを合わせ、一口飲んだところで「あ」と声が出てしまった。

「どうしましたか？」

ビールに何かありましたか、と東山さんが心配そうに尋ねる。

「いいえ」

あたしは大きく首を振る。

「ビールは大丈夫です。ただ思い出したんです。『落穂拾ひ』の主人公は売れない……というか、まだ雑誌に作品を発表しただけの小説家で、その人に古本屋の少女との交流が生まれる話だと……」

「ええ、そうですが。それがどうしましたか」

不思議そうに首を傾ける東山さんに、あたしは建文君の恋路と、好敵手《ライバル》である奏人《かなと》君の職業を説明した。

「だから、建文君はきっとおのれと彼のことを重ね合わせて、落ち込むんじゃないかと……」

「ああ、そりゃ、かわいそうだ」

東山さんも手を頭にやった。

「しかし、珊瑚さんから見て、どうなんです？　美希喜さんは建文さんとその奏人君のどちらに気持ちがあるようなんですか」

「どうでしょう？」

あたしはビールをぐっと、もう一口あおった。

「正直、どちらにもお客さんや、友達、相談相手以上の気持ちは持っていないと思いますね。今のところは……」

「なるほど」

「彼女は今、自分のことでいっぱいいっぱいだと思います。院の修論もあるし、進路のこともありますから」

「あれ。美希喜さんはそのまま古本屋を継ぐのかと思っていました」

あたしは首を振った。

「それならありがたいし、滋郎兄も喜ぶと思うんですけど、そんなこと、とても申し訳なくて言えません。あんな古い店やってくれなんて……美希喜ちゃんにはこれから輝く未来があるのに。あの店はあたしの代でちゃんと始末をつけなければ」

東山さんはわかってくれたのか、黙ってうなずいた。

ランチョンのメニューはなんでもおいしかった。塩タンは柔らかくてビールによく合い、ランチョン風ポテト料理とはなんのことかと思ったら、スープで煮たポトフのような一品だった。なんとなく、ジャーマンポテト的なものを想像していたので当てが外れたけど、優しい味でこれはこれでとてもおいしい。

「ランチョンは作家や著名人が愛した店なんですね。吉田《よしだ》健一《けんいち》さんや丸谷才一さんもいらっしゃったと聞きました」

「本当に全部、よいお味」

運ばれてきたメンチカツにナイフを入れると、中から肉汁がこぼれ出た。それを二人でシェアしながら食べるのは、大きな喜びだった。

あたしは肉と肉汁がぎっしり詰まったメンチカツを一口一口嚙《か》みしめながら、その美味とこの時間、一瞬一瞬を記憶の中に閉じ込めておきたいと思った。

あたしの恋。たぶん、最後の。きっと、もうこんなことは二度とない。

「……先日いただいたお手紙ですけれども」

東山さんがメンチカツをごくりと飲み込んで、意を決したように言った。

「あ、それは……」

夢見心地でビールを飲んでいたあたしは、頭も身体もかあっと熱くなったようで、慌てて手をばたばたと振った。それはアルコールだけのせいではない。

「あれはもう、そんなおっしゃらないでください。こうしてお会いできて本当に嬉しいです。この時間をまだ楽しませてください」

「いえ」

「それ以上、おっしゃらないで。あんな手紙を書いて、本当に恥ずかしくてあたし」

「いえ、珊瑚さん、そういうわけには」

「こうして顔を合わせると、穴があったら入りたい気持ちです」

あなたをお慕いしていた、なんて書いてしまったのだ。本心とはいえ、あんなこと書かなければよかった……。

「お話は後で聞きますから。今はもう……」

「いえ、珊瑚さん。聞いてください。これは聞いていただかなくてはなりません」

東山さんはきっぱりと言った。

「違うんです。そうではありません。私たちのことではなく、珊瑚さんのお兄さんのことです」

「へ？」

あたしは驚いて、顔を上げる。

「お兄さんの滋郎さんのことです」

「……滋郎兄が何か？　滋郎兄のことなんて書きましたっけ？」

さっぱりわからなくて首をかしげる。

「滋郎さんがどこかのお惣菜屋《そうざいや》さんの女性と……という話がありましたよね」

「あ、はい……タカコさんのことですね」

あたしはここまで興奮してしまった分、なんだか足下をすくわれたようで、ぽかんとしてしまう。

「あれ、もう少し詳しく話してくださいませんか」

あたしにはまったくよくわからない。東山さんがなんで急に滋郎兄について知りたがるのか。

「ええ。それは、おかしな女の人が鷹島古書店に訪ねてきた……いえ、有り体に言えば、怒鳴り込んできたのが最初です」

その時のことを彼に聞かれるまま、事細かに話した。

辻堂社長に尋ねたら、戸越銀座《とごしぎんざ》の女性のことを説明されたこと、それでその店まで行って確認したこと……。

「辻堂社長にはどう尋ねたんですか？　最初から、戸越の女って何かとか、誰かって聞いたんですか？」

「そうです。そしたら、『キッチンさくら』の女だって」

「なるほど」

東山さんはじっと考え込んだ。そして、今度は「キッチンさくら」について尋ねた。また、尋ねられるままに店のことを答えた。ご夫婦に見える二人の老人が、タカコさんともう一人のパートらしき女性とやっていること、その息子さんらしき人が手伝っていて、ご主人と厨房《ちゅうぼう》に入っていること……。

「なるほど」

彼はもう一度言って、そのご主人と息子さんの年格好や風貌《ふうぼう》を尋ねた。

正直、その二人についてはあまりちゃんと見たことがなかったので、うまく答えられなかった。

「確か、六、七十代の方と、三、四十代の方ですよ。顔は……」

目が二つ、鼻と口が一つずつ付いています、くらいしか言えることはない。

「……東山さん、いったい、どういうことでしょうか」

「珊瑚さん、よかったら今から行ってみませんか」

「どこにですか？」

「その街……戸越銀座と『キッチンさくら』に」

「いいですけど、いったい、なぜ」

「行けば、もしかしたら、いろいろなことに答えが出るかもしれません……」

彼はそこでビールを飲んだので、最後につぶやいた言葉も一緒に飲み込まれた。

あたしの聞き違いでなければ、「私たちのことも」と言ったような気がした。


あたしたちは一緒に電車に乗って、戸越銀座に向かった。

こんなふうに電車に並んで腰掛けるのも初めてだわ、と思った。

店の前に着くと、いつものように向かいのチェーン系カフェに入って一番入口近くの席に座り、「キッチンさくら」を観察した。いつもと違うのは二人で、というところだ。

午後の店も混んでいた。ひっきりなしに客が来て、タカコさんや店のおかみさんたちはずっと接客していた。

「……あれ、厨房の二人も接客をすることがあるんですか」と東山さんはじっと「キッチンさくら」に目をやったまま尋ねた。

「ええ。時々。交代で休憩を取る時や、店が混んでくると、そういうこともありますね。

特に息子さんが」

彼は黙ってうなずいた。

そして、三時近くになってタカコさんとパートの女性が奥に引っ込み、おかみさんだけになった。店の前に客の列ができると、自然に奥の厨房に入っていた息子さんが外に出てきた。

「よし」と東山さんが言った。「ちょっと待っててください」

彼はすっと立ち上がって、あたしが何か答える暇もなく、カフェを出て行った。

あたしは、アイスコーヒーのストローを口にくわえたまま、彼の後ろ姿を見守るしかない。

自動ドアから出て行った東山さんはためらいもなく「キッチンさくら」に近づき、息子さんの前の客がいなくなると彼に近づいた。そして、大胆にも何か話しかけた。二言三言ささやくと、彼は驚いた顔になって小さくうなずいた。

その時、初めて彼の顔をちゃんと見たのだけど、色白で瓜実顔《うりざねがお》、歌舞伎《かぶき》役者か何かのようなきれいな顔立ちをしている。

へえ、あんなイケメンだったのか、とあたしは妙なところに感心した。意外といい男じゃないか。

東山さんがなおも何か言うと、彼はしばらく考えて、今度は大きくうなずいた。そして、何かを口早にささやいた。東山さんは軽く頭を下げて、こちらに戻ってきた。

「どうしたんですか！」

店の中に戻ってきた東山さんに、あたしは尋ねた。彼の行動一つ一つが全部不可解だ。わけがわからない。

「やっぱりそうでした」

さすがの東山さんも少しは緊張していたのか、頬が赤くなっている。置いてあったアイスコーヒーをわしづかみにすると、ごくごくと飲み干した。

「私の思った通りでした」

「だから、何が？」

「それは彼の口から聞いた方がいいでしょう」

そして、あたしをうながして店の外に出た。

📖　📖　📖

後藤田先生が帰ったあと、『玉能小櫛』の額を元の場所に戻していると、建文さんが店にやってきた。手に通勤鞄を提げている。

「あれ、今日は早いですね。早退でもしたんですか」

「いえ、これからちょっと外回りに出かけて、今日は直帰するのでその前に、と思って」

建文さんは鞄をごそごそ探って、「はい、これ」と茶色いレジ袋を差し出した。澤口書店の袋だった。

「少しでも早く渡したくて」

「あ……なんですか、これ」

私は戸惑いながら受け取る。

「いや、ちゃんと包装でもするべきかな、と思ったんだけど、そういうのは逆に改まりすぎて美希喜ちゃんの負担になるかなと思って……」

袋を開けると、小山清の『落穂拾ひ』が入っていた。昭和二十八年の発行当時の装丁の……。

「これ、どうしたんですか。高かったでしょ」

今日はなんて、本をもらう日なんだ。

やたらと人が本をプレゼントしてくれる。私が古本屋になるというのに。

「いや、この前、澤口書店から出てきた時に欲しい本がある、と言っていたでしょ」

「ええ」

「もしかしたら、この本じゃないかと思って」

「建文さんが探してくれたんですか」

「はい……と言いたいところだけど、残念ながら」

　彼は照れたように笑った。

「実は、珊瑚さんと東山さんに頼んで探してもらいました。東山さんがもしかしたら、これなんじゃないかと。もしも、違っても、古本屋の女性ならきっと欲しい本だからって」

「さすが、東山さん。よくわかっていらっしゃる」

　私は『落穂拾ひ』を開いた。初版本ではないけれど、昭和二十八年出版の二刷の本だ。それなのに、表紙など角が少し擦《す》れているだけでとてもきれいだった。

「嬉しいわ」

「これなんですか。美希喜ちゃんが欲しかった本は?」

　彼が真剣な顔で尋ねてくる。

　どうしようか……。これはとても好きな小説だけど……。せっかく、建文さんが探してくれたものだけど。

「違います。すみません」

　私は頭を下げた。

「おーっと、違うのか」

　建文さんはがっかりしながら、でも、どこか愉快そうだった。どうしてだろう。

「違うのか、やっぱり、違うのか」

彼はふふふふと独り笑いした。

「これ、大好きな小説なんですよ。短いけど、かわいい話だし。でも、違うんです」

「古本屋に来る男の気持ちが代弁されてますよね。人を訪ねるのは不得意でも、いつも開いている本屋なら行きやすいって……その気持ち、よくわかるなあ。僕もそういうところあるから」

「ね、素敵な話。でも、ごめんなさい。これじゃないんです。私が欲しかったのはね、実は……」

私が欲しかった本の題名を言おうとすると、建文さんが手を前に出して押しとどめるような仕草をした。

「待った。せっかくだから、僕に見つけさせてください。これから時々、あの店で本を探してプレゼントします」

「そんな。こんな高価な本をこれから何度も、もらったら困ります」

「数ヶ月に一回くらいにします」

「じゃあ。まあ、いいですけど」

私は『落穂拾ひ』をぱらぱらとめくった。

「ありがとうございます。欲しかった本とは違うけど、今日これをもらったのは、なんかの縁だと思います」

「縁？」

不思議そうに小首をかしげた建文さんに私は言った。

「私、決めたんです」

「決めた？　何を？」

「わたしはわがままだからお勤めには向かないわ」

たぶん、今日、『落穂拾ひ』を読んだばかりの彼はわかったのだろう。笑みが大きくなった。

「つまり……そういうことですか」

「ええ」

「決めたんですね」

「まだ、珊瑚さんには話してないんですけど」

「きっと喜びますよ」

「どうかしら……でも。わたしは本の番人になるの」

建文さんは大きくうなずいてくれた。

「よかった。それが一番だと思っていました。僕もこの店に出入りするようになって、人生が楽しくなったから」

なんだか、最初の理解者を得たような気がした。

「お待たせしました」

駅前の喫茶店で待っていると、ほどなくして彼が現れた。

彼が指定したのは、店がある方とは反対側の駅前のカフェだった。やっぱり、チェーン系だけど、コーヒーが一杯八百円ほどもする、ちょっと高級な喫茶店だ。さっきまでいたところとは、テーブルとテーブルの距離がぜんぜん違う。しかも、東山さんは奥の方を選んだから周囲には誰もいなかった。

「佐倉井《さくらい》大我《たいが》と申します。初めまして」

ホットコーヒーを注文すると、彼はその切れ長の目をこちらに向けて、「こちらが珊瑚さんですね。滋郎さんからよくお話は聞いていました」と言って小さく頭を下げた。

白目が青く見えるほどきれいだった。この人はとっても若いのだわ、と思った。

彼は店にいた格好のまま白いワイシャツに青いネクタイを結び、白衣を上に羽織っていたが、挨拶《あいさつ》をした後、白衣を脱いできれいに畳み、自分の脇の席に置いた。

あたしはここに来るまでに、東山さんにあらかた話を聞いていた。あたしが彼に会って驚いたり、取り乱したりしないように。

滋郎兄の相手は……タカコさんじゃなくて、たぶん、あの「キッチンさくら」の厨房の息子さんの方だろうこと、地元では滋郎兄は女性に興味がないというのは割に有名な話だったこと、でも、家族には今まで誰も伝えなかったんだろうということ……。

東山さんは言葉を選びながら、丁寧に説明してくれた。

「私も珊瑚さんにお話しするべきではないのかもしれません。でも、珊瑚さんが、滋郎さんが不倫をしていたのではないかと悩んでいるのであれば、むしろ、真実を知った方が楽になれるのではないかと思ったんです」

驚いた。もちろん、驚いた。

でも、一番驚いたのは、自分自身に、だ。

驚きつつ、ぜんぜん驚いていない、という不思議な感情がわき上がっていた。

そう言われてみれば、今までのさまざまなこと……子供の頃からのこと、一時期から滋郎兄がまったく実家に近づかなくなったこと、いつもあたしに何か言おうとしていたこと……すべて、つじつまが合う。

唖然《あぜん》とした後、急に猛烈に腹が立ってきた。

なんで言ってくれなかったんだろう。あたしが読んでいる本を見れば、そんなことくらいでショックを受けたり、兄を嫌いになったりしない人間だとわかってくれたはずなのに。最近はＢＬだって大好物なのに。

「それは、珊瑚さん。男は家族に自分の性的指向なんて本来は話したくないものですよ。ましてや、妹になんて」

「まあそうでしょうけど」

みくびられたものだ。一緒に、三島《みしま》を読んだ時とかに話してくれればよかったのに。

「ああ」

思わず、小さな声が出てしまった。

『禁色《きんじき》』も『仮面の告白』も兄に薦められたものだった。あの時、本当は兄は何かをあたしに伝えようと思っていたのではないか。それなのに、あたしがまったく無邪気に何も気づかないものだから、告白をやめてしまったのかも……。

「あああああー」

あたしは今度は大きくうめいて、テーブルの上に突っ伏した。

「……珊瑚さんを見ていると飽きませんね」

顔を上げると、東山さんが笑いをこらえていた。

「ああ、のバリエーションが実に多彩だ」

「だって、なんであたしは気がつかなかったのかと思って」

「もう、おっしゃるつもりだったんじゃないですか。そう思っている矢先に……」

亡くなられた、という言葉を、東山さんは飲み込んだ。

「あの方は……私は学校こそ、一緒になったことはありませんが、有名人でしたからね。まあ、あのあたりで東大に行った人はめずらしいし」

そんな話をしていると、「キッチンさくら」の大我さんが到着したのだった。

「おれも一度は鷹島古書店の方に行ってみたいとは思っていたんですが、滋郎さんは家族には誰にも話していないって言っていたから、驚かせたりできないし

滋郎さん、と言う時に、一瞬、何かを確認するかのように、あたしの顔を見た。そこに彼の優しさや思いやり、繊細さを感じた。

「その節はご愁傷様でした」

彼は頭を今度はきちんと下げた。

きっと彼はあたしと同じか、あたし以上にショックを受けたはずなのに、ちゃんとそういう挨拶ができる人だった。

さすが、滋郎兄が愛した人だと思った。

「お葬式にはいらしていましたか」

「ええ。おれらの仲間のＬＩＮＥグループがあるんです。神保町にいる人もいて、それで知らせてもらって……」

「そうでしたか。気がつかずに失礼しました」

「でも、あの日は丸一日連絡が取れなくて、おかしいなとは思っていたんです。そんなこ

と今まで一度もなかったから……翌日も連絡がなかったら店に行ってみようと思っていた矢先でした」

最初はぎこちなかったけれど、話しているうちにだんだんお互いに慣れてきた。

やはり、最初はこの近くの国文学研究資料館に滋郎兄が出入りしていた縁で出会ったらしい。タカコさんと兄の関係は、お子さんが大学入試の時に相談できる人はいないか、と聞かれて、彼が兄を紹介したそうだ。

「おれの方は家族にもまわりにもカムアウトしているんです。父親はあまり良い顔しないけど……特に、滋郎さんは父親より年上だったから、いろいろ複雑らしくて」

滋郎兄とは休みのたびに海外に行ったらしい。

「世界中の秘境に連れて行ってもらいました。本当に、滋郎さんにはたくさんのことを教えてもらいました。本のことも食べ物のことも、海外のことも」

感謝しています、と頭を下げた。その言葉にさまざまなことが詰まっている気がした。

もっともっと話したかったけど、残念ながら休み時間が三十分ということで、すぐに店に帰らなければならなかった。

「あのね、よかったら、うちの店にも来てくださらない？　お昼でも食べましょう。ううん、ただ、来てくれてちょっと話してくれるだけでもいいの、兄のこと……あたしが知らなかった兄のこと」

あたしは店の名刺を渡しながら言った。

「あとね、高円寺《こうえんじ》の家に夫婦茶碗《めおとぢゃわん》とかお箸《はし》とかあるでしょう。あれは……もしかして、あなたの？」

「あ、そうです」

その時、一瞬で、彼の目の縁《ふち》がぬれて赤くなった気がした。

「あれ、よかったらお渡ししましょうか」

「いいんですか。よく家に行って飯を作ったから思い出が残っていて……もらえたら嬉しいです。もう捨てられたかと思っていた」

「家の方にも、遊びに来て」

「……滋郎さん、言ってました。自分がこんなふうに東京でぷらぷら遊んで暮らせるのも、全部、妹のおかげだ。あの子は絶対、自分が幸せにしなくちゃいけないんだって」

彼は泣き笑いの表情になった。

「おれ、ちょっと珊瑚さんに嫉妬《しっと》してたくらい」

「こんなおばあちゃんでがっかりした？」

「いいえ。お会いできて本当に嬉しいです。できたら、滋郎さんが生きている間に会いたかった」

そうして、本当に時間なくてすみませんと謝って、店に戻っていった。

「なんだか、ありきたりのことを言いますけど」

店から出て行く彼の後ろ姿を見送りながら、東山さんがつぶやいた。

「愛の形って、いろいろあると思いませんか」

「ええ」

あたしはうなずいた。

「愛の形はいろいろあって、何が正しいとか、何が間違いとか簡単に言えないものでしょう。人を傷つけるのはダメだけれども」

「はい」

「でも、時にはそういうこともあったりして。そういう時もできるだけ精一杯、相手に尽くして」

「はい」

「……私たちも、自分をゆるしてやってもいいんじゃないでしょうか」

あたしはすぐには返事ができなかった。心の中に答えはあったのに。

📖　📖　📖

「はあ、疲れた。美希喜ちゃん、ありがとう」

珊瑚さんが戻ってきたのは、閉店の八時、少し前だった。

「お帰りなさい。お茶淹《い》れましょうか」

私はバックヤードに入りながら言った。

「あたしがやるわよ」

「いいんです。珊瑚さんは座っていてください」

今日はまだこれから大切な話があるのだから、という言葉を飲み込んだ。

「遅くまで一人で店番してくれて、ありがとう。美希喜ちゃん、お腹《なか》すいたんじゃないかと思って、帰る途中にランチョンに寄ってきたの。カツサンドをテイクアウトしたから、よかったら食べてね。家に持って帰ってもいいし」

「わあ、ありがとうございます」

椅子に座っている珊瑚さんに麦茶を出した。

「東山さんは？」

「ホテルに帰られたわ」

「じゃあ、明日も東山さんと会うの？　大丈夫ですよ。私なら。店番しますから」

「いいえ、たぶん、明日の午前中、彼は飛行機で帰るから。もうホテルでさよならしてきた。本は宅配便で送ることになったわ」

「え」

私は驚いて珊瑚さんの顔を見た。

「もう帰っちゃうの？」

「あの人にも向こうの生活があるのよ、美希喜ちゃん」

「そうですね……でも、すごくお似合いだった。東山さんと珊瑚さん。話も合うみたいだし、小説や本のこともよく知っていて。あんな素敵な人、なかなかいませんよ」

するると、珊瑚さんはほんの少し頬を赤らめ、何か言いたそうにもじもじした。

「あのね……美希喜ちゃん」

「はい、なんですか」

「……実はね、あたしと東山さんは……お付き合い……あの、なんていうか」

私はもうまどろっこしくて、その言葉を待っていられなかった。

「付き合うことになったんですか⁉」

珊瑚さんは恥ずかしそうに、でも、大きくうなずいた。

「今さら、こんな歳《とし》で付き合うも何もないんだけれども」

「うわー、素敵ですよ。東山さん優しくてかっこいいし……あ、ということは」

さまざまな可能性が頭の中によぎって、胸がドキドキした。

「あの、あの、あの……この店はどうするんですか」

「は？」

珊瑚さんは私がそれを聞くとは思っていなかったらしい。

「店は当分、このままよ。東山さんにいつかは一緒に暮らしたいと言われたけど、あたしはまだここにいたい、と答えたの。店のことをちゃんとしなければならないし」

「あ……よかったあ」

私は芯《しん》からほっとして、その場にへたり込みそうになった。

「よかった。珊瑚さん、店を閉めて北海道に帰ってしまうんじゃないかと思った」

「まあ、そんなことを考えていたの？」

珊瑚さんはどこか嬉しそうに笑った。

「……ちょっとお話ししていいですか」

「ええ」

自分にも麦茶を入れて、珊瑚さんの隣に座った。今、言わなければいけない。どんなに言い出しにくいことでも。

「いつか……本当にいつかでいいんですけど、この店を私にやらせてもらえないでしょうか」

「ええ？」

思った通り、珊瑚さんは驚いた顔で、私を見た。

「聞いてください、あの」

私は『玉能小櫛』の額を見せて、今日、後藤田先生に教えていただいたことも交えて話した。

「こんなこと言って、図々《ずうずう》しかったらすみません。私にこの店をやって欲しいと滋郎大叔父さんが考えていたんじゃないか、というのは後藤田先生が言ったことで、私はそこまでとは思っていません。だって、本当にそうなら、もっとちゃんと言葉を残してくださったと思いますし。でも、私はそれとは関係なく、この店をやりたいんです。続けたいんです」

私はこの午後、ずっと考えていたことを説明した。

「最初はちゃんとこの店の家賃を払えるか、わからないですけど、後藤田先生も図書館長になって、少なくとも大学で必要な古本はうちの店に発注してくださるって言ってくれました。あと、他にも何か考えるつもりです。通販も始めるし……例えば、店の一部をカフェにするとか……『古本食堂』とか名前をつけて。だって古本をたくさん扱う店で食べ物を出すから」

「美希喜ちゃん……」

「珊瑚さんには最初はご迷惑かけるかもしれませんけど、できるだけ、損はさせないようにしますから！　私、頑張っていろいろ考えて……」

「美希喜ちゃん」

珊瑚さんは椅子から立ち上がって、私の手を取った。そのまま手遊びをするかのように揺らした。

「ありがとう」

「はい？」

「ありがとう、本当にありがとう。美希喜ちゃんが店をやってくれるなら、こんなに嬉しいことはないわ。本当はそうして欲しかったの。でも、どうしても言い出せなくて。店を継いでほしいなんてとても言えなくて。嬉しい、嬉しい。本当にありがとう」

「いいんですか」

「いいなんてもんじゃない。最高よ」

「はあ、よかった」

私は力が抜けたようで、今度は本当に座り込んでしまった。

「ああ、お腹すいた」

思わずつぶやくと、珊瑚さんが笑って、カツサンドを用意してくれた。

「おいしい」

彼女は笑って、頑張る私を見ていた。

「考えてみたら、この町が全部、『古本食堂』ですよね」

「どういうこと？」

「町中に古書があふれていて、おいしいものがあふれていて」

「そうね」

「素敵な町ですよね」

私はカツサンドを噛み締めながら思った。

そう、私はきっとあの時この町に恋したのだ。初めてここに来た日、滋郎さんに会った日、勇気を出してこの店の戸を開けた日。

この町、この店、大叔父のあの人に、恋をした。

「そうと決まったら、あれを出さないといけないわね」

「あれって？」

珊瑚さんは奥に入って、手に細長いものを持って出てきた。

「これよ」

それは「古書高価買取」の看板だった。錆《さ》びて古びているけど、しっかりした作りで汚れてはいない。

「あ」

「これを出さないと古本屋とは言えないわね」

私はじっとそれを見つめた。

「出していいんでしょうか」

「……覚悟しないとね」

そう、それは覚悟だ。これから、二人で古書店業をやっていく、という。

その時、表の引き戸が開いて若い女性が入ってきた。八時を過ぎていたのに、店を閉めるのをすっかり忘れていた。

「いらっしゃいませ」

まだカツサンドを食べていた私に目配せし、珊瑚さんが看板を下に置いて、お客さんに近づいた。

「やってますか？」

彼女が尋ねた。おそるおそる、といった声だった。

「大丈夫ですよ。何かお探しですか」

「……実は、明日の朝、急に会社の朝礼でなんか話をしなければならなくなったんです。社長の指名なんですよ！　小さい会社ですけど。そういう時に参考になる本とかありますか」

「あらら、それは大変。挨拶ってむずかしいわね。あたしも大嫌い。そうそう、確か、丸谷才一さんの『挨拶はむづかしい』っていう本があって」

私は思わず、カツサンドを吹き出しそうになる。

珊瑚さん、それはダメだ、あの本は名スピーチを集めた、とてもおもしろい名著だけれども、ちょっとマニアック過ぎて、明日の朝会社の朝礼で挨拶を求められている若い会社員さんには……たぶん、むかない。

私はパンを飲み込みながら、もっと穏当なスピーチ集を探すため、慌てて立ち上がった。

〈特別対談〉片桐はいり×原田ひ香

素敵な出会い

――お二人は、原田さんの小説『一橋桐子《ひとつばしきりこ》（76）の犯罪日記』のドラマ化をきっかけに出会われたそうですね。

原田ひ香（以下、原田） はい。片桐さんには主人公が通う句会の世話人という役を演じていただきました。思いがけない配役だったうえ、ポイントになるシーンを作り上げる人物にもなっていて。私にとって本当に素敵な出会いでした。

片桐はいり（以下、片桐） 実際に句会に参加したり、興味深い経験をさせてもらった役でした。撮影現場で初めてお会いしたのですが、お名前は以前から存じ上げていました。木皿《きざら》泉《いずみ》さんが『母親ウエスタン』について書かれていますよね。面白そうだとすぐ買いに行って。それからいろいろ読ませてもらっています。

原田 ありがとうございます。『母親ウエスタン』は女版寅《とら》さんのイメージで書いたんです。寅さんが各地を転々としたのは恋愛が絡んでいたと思いますが、この作品では母性で動く感じで。

片桐 それが面白かった。ちょっと犯罪すれすれなところがあって（笑）。映画にしたら面白いだろうなと思っているんです。

原田　お話はいただいているのですが、実現するかどうか。片桐さんはショートムービーの制作に関《かか》わられていますが、ご自分で撮られることはお考えにならないんですか？

片桐　映画が好きなんだから撮ったらとよく言われますが、撮りたいと思ったことはないですね。

原田　エッセイを読ませていただいていますが、すごく小説的な表現をされますよね。目がいいんだと思います。だから、映画も面白いものを撮られるんじゃないかと思って。

片桐　目、ですか？　映画を見ていて、俳優の演技にちょっとでも違和感を感じると、もうそればっかり気になっちゃって、ストーリーどころじゃないというのはあるけど。

原田　俳優さんらしいですね（笑）。私、着眼点が面白いなと思ったんです。『もぎりよ今夜も有難う』の中に「五年目の上着」というエッセイがありましたよね。もぎりのうわっぱりのポケットに丸めた鼻紙が入っていたというところから、過去と現在を絡めて話を広げられて、それが本当に素晴らしかった。見たものの中から何を選ぶかというのは感性ですし、片桐さんは非凡なものをお持ちなんだろうと思います。

片桐　いやぁ、あれは本当のことなんです。ポケットにティッシュが入っていなかったら書けなかった。私、話が大袈裟《おおげさ》なのか、よく作ってるだろうと言われるんですが、どれも本当ですからね。

原田　小説を書いてみようと思われたことは？

片桐　読むのは好きですが、自分がフィクションを書くのは考えられない。だからこそ、小説を書き続けている原田さんの頭の中はどうなっているんだろうと。例えば、『三千円の使いかた』。子どもの頃《ころ》から何を学校で教えて欲しかったかといえば、お金の使い方だと思っていたので、その知りたかったことがここにあると思いながら読みました。でも、経済を学ばれたわけではないんですよね？

原田　ええ。あれは学生時代に先生が、社会人になったら月々八万円、お金を貯《た》めなさいと言ったのがきっかけなんです。なぜだかずっと頭にあったので、働くようになってから自分なりに考えたことがあって。まさかそれがお金に関わる小説を書くことに繋《つな》がるとは思っていませんでしたけど（笑）。

片桐　だから、不思議で。一つの言葉から物語を生み出す、ジャンプ力みたいなものがおありなんでしょうね。

古典とのつきあい

――原田さんが学ばれたのは、『古本食堂』の主人公の一人、美希喜《みきき》と同じく国文学だそうですね。

原田　古典を中心に、専攻は中古文学でした。

片桐　私も日本文学科です。古典が大好きだったから、美希喜さんにもすごく親近感を抱きました。でも、『古本食堂』を読んで一番びっくりしちゃったのは、美希喜さんのお母さんの言葉。「本が好きだから国文科、という選択の意味がよくわからない」と言ってますけど、これ、私が入学して言われたまんまの言葉なんですよ。

原田　実は私も高校の国語の先生に言われたんです（笑）。

片桐　私にそう言った人は経済学部だったんです。だから、逆になぜ経済学部なのかを尋ねたら「経済は世界を学べるからだ」と。ちょっと納得もしてしまったけど。

原田　言葉に重みがありますね（笑）。でも、古典も勉強になると思うけどなぁ。何より面白い。もっとみんなに読んで欲しいという思いもあって、この小説には古典作品も取り入れているんです。

片桐　子どもの頃、「将来の夢は清少納言」みたいなことを書いていた私としては大いに共感します。この本は読書欲も刺激して、中でも絶対読みたいと思ったのがちくま文庫の『お伽草子《とぎぞうし》』です。円地文子や谷崎潤一郎の訳があるのは知らなかった。でも、ぜんぜん手に入らない！

原田　この小説はもともと「絶版食堂」というタイトルで連載していて、当初は絶版になった本を中心に取り上げていたんですね。ただ電子書籍も普及してきた現在では、その定義も曖昧《あいまい》になっていることもあって、書籍化の際に『古本食堂』に改めて。ほかにも、ちょっと古いけど面白いよと思った本も入れたり。そんなこともあって、興味を持ってくださっても手に入りづらいものもあるかもしれません。ちなみに、『お伽草子』は神保町《じんぼうちょう》の古書店で見つけました。

片桐 神保町にはよく行かれるんですか？　本には食事ができるお店もいろいろ出てきますね。

原田 学生時代は専門書を探しによく行きましたし、一時期ですが神保町に住んでいたこともあるんです。ごはん屋さんは実在するところばかりですから、神保町という街に親しみを感じてもらえたらなと思っています。

片桐 「ラドリオ」という喫茶店の名前が出てくるでしょ。こちらを借りて撮影したことがあるんです。そこのママみたいな役をやらせてもらって。今でも寄ることがあります、神保町シアターに映画を観《み》に行ったときとか。

『古本食堂』は東京湾フェリーで読みました

――原田さんは喫茶店にまつわる思い出などありますか？

原田 思い出ではないですが、本を読みたいときは喫茶店に行きます。それも、おしゃれな感じじゃなくて、よくあるチェーン店みたいな。隅っこに座ってコーヒーをお代わりしながら、というのが集中できるんです。

片桐　私も自宅では読めない。映画も観なきゃいけない作品だとカラオケボックスにＤＶＤを持ちこみますし。『古本食堂』は東京湾フェリーに乗って読みました。

原田　えーっ！

片桐　乗り物が一番集中できるんです。でも、時間がないときは喫茶店です。神保町の喫茶店は本を置いているお店も多いし、いいですよね。

原田　どのお店も歴史があるからか、熟成されたような独特の雰囲気がありますよね。

片桐　私、そういう古くていい感じのお店を見ると、胸がチクチクするんです。このお店、いつまであるのかしらと。今、どんどんなくなってしまってるでしょ、駅前の本屋さんとか映画館や劇場もそう。残すために何かできないかと思っていたところに、美希喜さんが鷹島《たかしま》古書店の今後についてアイデアを出していて。古いものとの付き合い方を言ってくださっている気がして嬉《うれ》しくなりました。

原田　なくなってほしくない場所ってありますよね。神保町に、行けば必ず欲しい本がある古書店があるんですね。店主はおじいさんなので、私はこのおじいさんと趣味が一緒なのかと複雑な気持ちにもなるんですが、店内に足を踏み入れた瞬間から落ち着くというか。

片桐　居心地の良さでもあると思うんです、好きなものに囲まれているという。私が今もキネカ大森《おおもり》に出入りしている理由もまさにそこです。きっと鷹島古書店もそういう場所なんだろうなと思います。本が好きな人がいて、その本についてともに語ることができる。それって本当にかけがえのないものだから。鷹島古書店があったら行ってみたい。でもここも老朽化が問題になっているみたいで、ちょっと気になってます。

原田 そこに関しては続巻をお読みいただければ（笑）。鷹島古書店の今後とそのために美希喜がどうするのか、また滋郎《じろう》さんの若かりし頃のお話なども入れていますので。

片桐 もう書かれているんですか？　執筆でお忙しいんだろうな……とは思うのですが、お願いがあります。今まで見たことがないような女性が活躍するお話、それもおばさんだったりしたら嬉しいけど、書いていただけませんか？

原田 最近は老人小説といいますか、年齢の高い人々を描《か》いたものはすごく人気があるんです。本を買ってくださる方もそういう世代ですし。

片桐 なのに、映画やドラマの中ではオミットされてしまう。私、女性の役が画一的でつまらないと思っているんです。先日乗ったタクシーは運転手がおばあさんで、いろいろ頼りなさすぎて、内心よく運転手が務まるなと思ったほど。でも、世の中って誰《だれ》もが優秀なわけじゃない。こういう人にこそ光が当たってほしいし、それを描けるのは小説しかないと思っています。映像の世界は今、原作ありきなんです。

原田 すごく興味深いお話です。小説にしろ、メディアにしろ、できる人を選びがちなんですよね。結果的にそれで画一的にもなってしまうわけで。だからこその〝できない〟

という視点。面白いですね。やっぱり片桐さんはいい目を持ってます。

（6月29日（木）　角川春樹事務所　会議室にて）

構成・石井美由貴

片桐はいり（かたぎり・はいり）

一九六三年東京都生まれ。成蹊大学文学部日本文学科卒業。俳優として、舞台、映画、テレビと幅広く活躍している。

著書に『わたしのマトカ』『グアテマラの弟』『もぎりよ今夜も有難う』などがある。

〈本書に登場する書籍・参考文献〉

『お弁当づくり　ハッと驚く秘訣集』　小林カツ代／著　（主婦と生活社）
『ハッと驚くお弁当づくり』小林カツ代（ハルキ文庫）
『極限の民族』　本多勝一／著　（朝日新聞社）
『十七歳の地図』　橋口譲二／著　（文藝春秋）
『お伽草子』　福永武彦、円地文子、永井龍男、谷崎潤一郎／訳　（筑摩書房）
『馬車が買いたい！』　鹿島茂／著　（白水社）
『輝く日の宮』　丸谷才一／著　（講談社）
『落穂拾ひ』　小山清／著　（筑摩書房）
『国文学全史　平安朝篇』　藤岡作太郎／著　秋山虔他／校注　（平凡社）
『わたしの小さな古本屋』　田中美穂／著　（洋泉社）
『本屋になりたい』　宇田智子／著　高野文子／絵　（筑摩書房）
『女子の古本屋』　岡崎武志／著　（筑摩書房）
『ド・レミの歌』　平野レミ／著　（中央公論社）
『讃岐典侍日記　全訳注』　森本元子／著　（講談社）
『讃岐典侍日記全注釈』　岩佐美代子／著　（笠間書院）
『街の古本屋入門―売るとき、買うときの必読書』　志多三郎／著　（光文社）

本書は二〇二二年三月に小社より単行本として刊行されました。本作品はフィクションであり、登場する人物、団体など、現実のものとは関係ありません。

Haruki Bunko
ハルキ文庫

は 16-1

古《ふる》本《ほん》食《しょく》堂《どう》

著者　原《はら》田《だ》ひ香《か》

2023年9月18日第一刷発行
2024年5月28日第九刷発行

発行者　角川春樹

発行所　株式会社角川春樹事務所
〒102-0074 東京都千代田区九段南2-1-30 イタリア文化会館

電話　03(3263)5247(編集)
03(3263)5881(営業)

印刷・製本　中央精版印刷株式会社

フォーマット・デザイン　芦澤泰偉
表紙イラストレーション　門坂 流

本書の無断複製(コピー、スキャン、デジタル化等)並びに無断複製物の譲渡及び配信は、著作権法上での例外を除き禁じられています。また、本書を代行業者等の第三者に依頼して複製する行為は、たとえ個人や家庭内の利用であっても一切認められておりません。
定価はカバーに表示してあります。落丁・乱丁はお取り替えいたします。

ISBN978-4-7584-4594-8 C0193 ©2023 Harada Hika Printed in Japan
http://www.kadokawaharuki.co.jp/[営業]
fanmail@kadokawaharuki.co.jp[編集]　ご意見・ご感想をお寄せください。

井上荒野の本

そこにはいない男たちについて

愛する夫を喪った女と、夫が大嫌いになった女——夫を突然亡くし、しばらく料理教室をお休みにしていた実日子《みかこ》(38歳)。ようやく再開した教室に、女友達に紹介されて初めて参加したまり(38歳)は、夫とうまくいっていないのだと皆の前でいうが——料理教室を舞台にしたふたりの「妻」の孤独と冒険の物語。各メディアで絶賛され続々重版した長編小説

(解説・原田ひ香)

ハルキ文庫

江國香織の本

なかなか暮れない夏の夕暮れ

資産家で、気ままな一人暮らしの稔は50歳。たいていは、家で本ばかり読んでいる。読書に夢中になって、友人で顧問税理士の大竹が訪ねてきても気づかないぐらいだ。姉の雀も自由人。カメラマンでドイツに暮らしている。稔に似て本好きの娘の波十《はと》は、元恋人の渚と暮らしていて、ときどき会いにやってくるが……。なかなか暮れない、孤独で切実で愛すべき男と女たちと、頁をめくる官能と幸福を描く長編小説。各紙誌で大絶賛された傑作。

（解説・山崎オナコーラ）

ハルキ文庫

角田光代の本

紙の月

ただ好きで、ただ会いたいだけだった——わかば銀行の支店から1億円が横領された。容疑者は、梅澤梨花41歳。25歳で結婚し専業主婦になったが、子どもには恵まれず、銀行でパート勤めを始めた。真面目な働きぶりで契約社員になった梨花。そんなある日、顧客の孫である大学生の光太に出会うのだった……。あまりにもスリリングで、狂おしいまでに切実な、傑作長篇小説。各紙誌でも大絶賛された、第25回柴田錬三郎賞受賞作。　　　（解説・吉田大八）

ハルキ文庫